# 2011
# 신춘문예 당선시집

문학세계사

# 2011
## 신춘문예 당선시집

〈시〉 강은진 강정애 권민경 김후인 박송이 박현웅 신철규 정창준 홍문숙
〈시조〉 고은희 김성현 김영란 성국희

# 2011 신춘문예 당선시집  ◇차 례◇

시조時調

## 고은희 | 동아일보

## 고은희 | 부산일보

## 김성현 | 중앙일보

시

신춘문예 당선 시

# 강은진

1973년 서울 출생
이화여대 국문과 졸업
LG홈쇼핑 인터넷 기획자로 일함
고려대 국문과 대학원 석사 수료
2011년 문화일보 신춘문예 시 당선

ejpower@nate.com

■문화일보/시
이만호 할머니의 눈썹 문신

# 이만호 할머니의 눈썹 문신

문득, 썩지 않는 것이 있다
74세 이만호 할머니의 짓무른 등이
늦여름 바람에 꾸덕꾸덕 말라가는 중에도
푸르스름한 눈썹은 가지런히 웃는다
그녀가 맹렬했을 때 유행했던 딥블루씨 컬러
변색 없이 이상적으로 꺾인 저 각도는 견고하다

스스로 돌아눕지 못하는 날
더 모호해질 내 눈썹
눈으로 말하는 법을 배울까
목에 박힌 관으로 바람의 리듬을 연습할까
아니면 당장 도마뱀 꼬리 같은 문신을 새길까

누구에게나 꽃의 시절은 오고, 왔다가 가고
저렇게 맨얼굴로 누워 눈만 움직이는 동안
내 등은 무화과 속처럼 익어가겠지만
그 때도 살짝 웃는 눈썹을 하고 있었으면 좋겠다
얼굴이 검어질수록 더 발랄해지는 눈썹이었으면 좋겠다

나 지금 당신의 바다에

군무로 펄떡이는 멸치의 눈썹을 가져야 하리
눈물나도록 푸른 염료에 상큼하게 물들어야 하리

# 솜틀집 가는 날

이불을 덮는다
죽은 자의 눈꺼풀을 내려주듯이

가난한 기념일의 한숨이 간신히 잠든 밤
뒤척인 시간만큼 납작해지는 솜의 부피에
얇게 퇴적되는 숨소리들
그렇게 이불의 지문은 생겨난다

이불을 머리까지 끌어 덮는 사람은 외로운 사람
찰진 어둠의 속비늘까지 만질 줄 아는 사람
부끄러운 여자도 숨고 매 맞은 아이도 숨어서
이불은 덮는 것이다
없는다고 했다면 밤이 좀더 무거웠겠고
올린다고 했다면 내려갈 곳 없는 사람들이 더 울었겠다

누군가 오래된 잠자리를 개키자
풀풀 풍겨 나오는 어젯밤의 혼잣말들
기어이 하고 싶었을 그 말 들으러
오늘 솜틀집에 간다

이따금 조금씩 얇게 눌리겠지만
돌아가는 솜틀기계의 운율을 따라
어떤 통과는 우리를 가볍게도 할 것이다
무겁게 눌려버린 엄마를 틀어서
폭신한 아기 두셋 정도 만들 것이다

입김처럼 날리는 이불 속의 날들
솜먼지 같은 너와 나

## 셀프 레시피

백조기 배를 가른다
내장 속에 들어 있는 반쯤 삭은 물고기

그렇게 눈뜨고 천천히 소화되는 느낌은 어떨까
껍질부터 녹아내리는 쾌감 같은 것
점점 투명해져 내 심장의 표정까지 드러날 때
나는 깨어서 소화의 감각을 받아들일 수 있는지
누구에게든 물어야 하는 해독의 시간

그렇게 완벽히 너에게 흡수되면
너의 아가미로 붉게 호흡하고
너의 혀로 흐르는 물살을 휘감고 싶어

너는 나를 삼키고 잠시 배가 부르고
가벼운 옆구리 통증을 지나 종결됐지만
이름 없는 작은 혈관에도 내 지문을 남기지
꾹꾹 눌러 납작해진 말들을 비석처럼 새길 거야

백조기 배를 가르다 눈을 뜬다
그 속에서 쾌활하게 소화되고 있던 물고기

방금 나에게 윙크했니?

달콤한 부패의 향기가
축축한 나무 도마 위에 길게 눕는데
기억을 도려내던 칼끝이 느리게 튕겨져 나가고
긁어내다 만 내 비늘은 함부로 고쳐진 이목구비 같다

관계의 가장 낮은 쪽으로 보글거리는 오늘의 요리 시간
가끔은 시작이 기억나지 않는 여행

자, 이제 나를 음미해주세요

# 일기예보

오늘 낮에 폭풍이 몰려올 예정이에요
사과들이 비명처럼 떨어질 거예요

폭풍이 오면 구름보다 빨리 달려
해가 남아 있는 땅 끝으로 가요
아직 덜 식은 물에 주저앉아
폭풍이 어떻게 비와 당신을 몰고 오는지 지켜보죠
낙과의 걸음으로 미래가 오고 있어요

예고만으로 떨어져버린 비밀
적막 가운데 투둑 사과 몇 알 추락해요

당신은 사과의 멍든 부분
흉터를 씹는 그 단맛이 좋아요
폭풍이 두들겨대는 푹신함이 좋아요

폭풍이 올 거라는 건, 그냥 예보예요
표지와 본문 사이에 낀 간지 같은 거예요
눈앞에 다가올 일을 아는 건 쉬운 일이지만
그건 그냥 예보예요

이 빠진 과도를 남겨 놓을 걸 그랬어요

# 버터, 플라이

알고 보니
나는 난생卵生

가끔 죽음이 목 언저리를 쓰다듬고 지나갈 때
소름으로 돋아나는 나비의 흔적

날개를 가지지 못해서
내 이름에서조차 가루의 냄새가 풍긴 적은 없었건만
날 수 없는 나비를 품었다고
함부로 밝혀진 병명 앞에
나는 이미 배가 너무 커져버린 곤충
목 한편에서 날마다 돌들이 자라
머리가 기운다

내 안에 굳은 나비의 몸을 들어내면
몇 번의 봄과 몇 다발의 인사를 더 주고받을 수 있다는데
방금 심겨진 팬지꽃들 알록달록한 병동 앞뜰에서
불쑥 한 번 날아볼래
나보다 예쁜 청춘에게 시비 좀 걸어 보고
하늘색 꽃무늬 쉬폰 원피스로 나풀나풀

카페모카 위 생크림처럼 녹아내리는 달콤한 혁명이 될래

아침은 더디 오는데
가슴에 부리를 묻고 밤을 견디는 새의 자세로
가끔은 뜨겁게 울며
일어나 일어나

# 버드이팅(Bird-Eating) 타란툴라와 연애하는 방법

그 거미가 거미줄을 치지 않는 것은
포획에 대한 자신감 때문이 아닐지도 모른다
몸을 감싼 가시 같은 털들이
만지면 우수수 떨어져 손에 박히고 마는 지독한 알레르겐임을
들키고 싶지 않았을 것이다
가렵지 않을 만큼만 축축한 모래 속
여덟 개의 눈에 촘촘히 박힌 두려움으로 숨어
다가오는 것에게만 눈빛처럼 파란 독액을 깊이 찔러주는,
그건 난해한 사랑이다*
짧게 타고 오래도록 식어가는 소멸의 방식이다

그를 사랑하는 일은
대상도 없이 기다림만으로 암전된 웅크린 자세를 모른 척해주는
일
그 음울한 기습을 기꺼이 맞아주는 일
가만히 혀를 뻗어 물려주는 일
혀 끝에서 심장까지 맹독의 쾌감을 즐기는 일
경련하는 얼굴 보이게 그의 앞으로 천천히 돌아눕는 그런 일

꽁지가 붉어 아름다웠던 새 한 마리

마지막 숨이 날숨이었는지 들숨이었는지
그는 잠들지도 흐르지도 않고 다만 바깥이었다가
더 깊어진 어둠 속에서 잠깐 전율할 것이다
쉽게 떠나지 못하는 자의 어떤 독기에 대해


＊ 황동규, 「태평가」 중에서

# 포장하지 않고 사람 마음 움직이는 시 쓰고 싶어

잠깐 입원했을 때였습니다. 연명치료를 받던 생면부지의 노파가 갑자기 사력을 다해 제 손을 잡았습니다. 그녀의 눈에서 백 년의 말들이 출렁였고 미인美人의 청춘이 푸르스름한 눈썹에 가지런히 염되어 있었습니다. 편한 호흡으로 써내려갔던 시인데 뜻밖에 당선의 영예를 안겨주었습니다. 그분이 어디선가 평안하시기를 빕니다.

다 내려놓으려던 시간들이 있었습니다. 깊은 고통의 밤 가운데 짧은 꿈을 꾸었습니다. 어린 저에게 늘 네 작품이 최고라고 격려해주셨고, 환한 웃음으로 수상 소식을 알려주시곤 했던 첫 국어선생님. 그 안타까워하시던 모습이 다시 시를 붙잡도록 만들었습니다. 고故 최학규 선생님께 너무 늦은 감사를 바칩니다.

사람의 마음을 움직이는 시를 쓰고 싶습니다. 멋진 시가 탐나서 화려한 수사로 공허함을 포장하고 라캉이나 로트만 같은 이름을 기웃거리기도 했었지만, 결국 시를 시답게 하는 것은 시의 진심임을 깨달아 가는 중입니다. 부족함 속 진심의 힘을 믿어주신 황동규, 정호승 선생님께 머리 숙여 감사드립니다. 증명되지 않은 저에게 시의 길을 열어주신 최동호 선생님. 빚진 마음, 배신하지 않는 시를 쓰는 것으로 조금씩 갚아가겠습니다. 따뜻했거나 혹은 혹독했던 학형들 모두 고맙습니다. 저에게는 영원히 시인이신 아버지, 우리 엄마, 사랑합니다. 호연 · 대연, 긍정의 힘을 믿길. 나의 모든 것인 채원에게 남길 것이 있어서 행복합니다. 호일, 최후의 독자일 당신께 미안함과 고마움을 전합니다.

# 삶의 건강한 구체 다뤄

　예년에 비해 투고된 작품량은 늘었으나 수준은 비슷했다. 윤지문의 「새와 흙」, 강은진의 「이만호 할머니의 눈썹 문신」, 석상준의 「뚜껑」, 김후인의 「결치缺齒」 등 네 편의 작품이 최종심에서 논의의 대상이 되었다. 먼저 「뚜껑」은 "그냥 썩게 놔두는 것보단 나중에 상하더라도 누군가 퍼먹을 수/ 있도록 열어두는 게 인생이란 걸 알기 때문에"에서 알 수 있듯이 산문성이 지나치다는 점 때문에 제외되었다. 「결치缺齒」 또한 빈 집이 늘어나는 시골 풍경을 결치의 이미지와 결부시킨 점은 높이 살 만하지만 조금 낡은 감이 있다는 점에서 제외되었다.

　나머지 남은 두 편 중에서 「새와 흙」은 기성시인의 시를 인용한 점이 (인용한 사실을 밝히고 있다) 신인으로서는 바람직한 태도라고 보기 어렵다는 점과, 또 다른 투고작 「새와 구름」에서 구체성이 부족하고 한껏 멋을 부린 점이 문제점으로 지적되었다. 결국 당선작은 「이만호 할머니의 눈썹 문신」으로 결정되었다. 이 시는 '눈썹 문신'을 하는 우리 삶의 독특한 한 현상을 발견한 시적 눈의 신선함에 일단 호감이 갔다. 특히 눈썹 문신을 '군무로 펄떡이는 멸치'에 빗댄 점이 해학적이고 애절하다. 그러나 이 시에 존재하고 있는 '이만호 할머니'가 시 속에 생생하게 살아 있지 않음으로써 대표성을 잃고 있다는 점이 단점이었다. 이만호 할머니가 누구인지 암시가 있었으면 오히려 더 감동적이었을 것이라는 아쉬움이 있었다. 그러나 자폐적 상상력이 판치는 한국시단에서 삶의 건강한 구체에서 꽃핀 이만한 작품을 찾기 어렵다는 점이 이 시를 당선작으로 밀 수 있는 이유였다. 당선자가 앞으로 한국시단의 큰 재목이 되기를 바라는 마음 크다. **심사위원 : 황동규 · 정호승**

# 강정애

1959년 전북 장수 출생
부산여대 수료
2011년 서울신문 신춘문예 시 당선

biyakang@naver.com

■ 서울신문/시
새장

# 새장

나무 밑 떨어진 이파리들은 모두
누군가 한번쯤 신었던 흔적이 있다
낡은 그늘과 구겨진 울음소리가 들어 있는 이파리들
나무 한 그루를 데우기 위해
붉은 온도를 가졌던 모습이다

**저녁의 노을이 모여드는 한 그루 단풍나무 새장**

새들이 단풍나무에 가득 들어 있는 저녁 무렵
공중의 거처가 소란스럽다.
후렴은 땅에 버리는 불안한 노래가 빵빵하게 들어 있는
한 그루 새장이 걸려 있다
먼 곳을 날아와 제 무게를 버리는 새들
촘촘한 나뭇가지가 잡고 있는 직선의 평수 안
바람이라도 불라치면 후드득, 떨어지는 새들의 발자국들

**모든 소리를 다 비운 새들이 날아가는**

열려 있으면서 또한 무성하게 닫혀 있는 새장
허공의 바람자물통이 달려 있는 저 집의

왁자한 방들
잎의 계절이 다 지고 먼 곳에서 도착한 바람이
그늘마저 둘둘 말아 가면
새들이 앉았던 자리마다 새의 혀들만 남아 있을 것이다

**그늘이 사라진 자리에는 새의 혓바닥들만 부스럭거릴 것이다**

모두 그늘을 접는 계절
간혹, 지붕 없는 새의 빈 집과
느슨한 바람들만 붙어 흔들리다 간다
한 그루 단풍나무가 제 가슴팍에 부리를 묻고 있는 저녁
후드득, 바닥에 떨어지는 나무의 귀
누군가 새들의 신발을 주워 책갈피에 넣는다.

# 봄날은 간다

마당 시멘트 바닥에 찍힌 고양이 발자국
한 잎 한 잎 떨어진 꽃잎 같다
지난 봄 떨어진 꽃잎인데,
올해까지 시들지도 않았다

문을 열면 황급히 돌아 나가는
허공 발걸음 소리가 있고
세로로 세운 눈빛
발자국 속에 어둠으로 말라 있던 한파도 다 지나갔다
나뭇가지만 서성거렸던 보폭들이 화르르 뛰어내린다.
지나가는 꽃송이들,
잘못 들어선 듯 머뭇거린 흔적이
군데군데 헌 신발처럼 남아 있다

시멘트 바닥에 또각또각 꽃피워 놓고
그 가벼운 꽃송이마다 햇살을 발라내는 적요의 나절

담을 넘는 초록들과 훌쩍 단숨에 돋음한 고양이의 척추와 털 고르
기를 하고 있는 햇볕
하루에도 몇 명의 아이들이 다녀가는

치매가 지키는 집
물기가 가득 차 빈 방이 없는 꽃나무들마다
몸을 헐어 음각이 되는 발자국들.

낭떠러지 위 벗어놓았던 신발은 아이가 다시 신고 내려오고
구겨지던 울음이 낮잠에 들어 있다
구름이 박힌 하늘이 천천히 유영하고 있다.
오후가 되면 저 구름도
막대사탕처럼 다 녹을 것 같다.

## 자杅

불안한 걸음은 끝내 불안한 걸음으로 눕는다.

방에 불을 빼는 예의로 시작된 아침
수체垂體가 멈춘 방에 몇몇이 둘러앉았다
누구도 살아서는 등을 재는 일이 없을 것이다
누울 곳, 마지막 걸음이 닿은 부위에서 한 생애의 길이가 줄자 안
으로 드르륵 말려 들어간다.
생전의 의복을 벗겨낸 몸에는
창문으로 들어온 얇은 햇볕 한 벌이 먼저 입혀져 있다.

풀리지 않은 문고리, 한 입구가 열려 있는 문 밖으로
나뭇가지들의 눈금이 다 떨어져 있고
새가 날아간 어느 낭창거리는 지점의 꽃송이들마다
검은 씨앗들이 비좁다

몇몇의 울음 배웅을 받고 있는 저이
골목이 어지러웠던 몸 속엔 막다른 길 끝이
어느 곳의 초봄, 허공의 길이를 재며 눈금이 생겨나고 있겠다.
달이 달을 품은 윤달에 수의壽衣를 맞추자 하신 저이
눈금의 수치를 기록하던 달의 목젖

차곡차곡 개어져 있던 자尺가 입혀진 몸
굽었던 길이를 펴자 몇 개의 눈금들이
우두둑, 떨어져 나온다.

창밖 빈 가지들마다 잘 여문 바람의 코끝이 매달려 있다
호상好喪이다.

# 바람의 계단

타래난초꽃이 타래 줄기를 따라 피어 있습니다.
비상계단을 오르는 모습입니다
바람에 자신의 몸을 묶고
흔들리는 꽃들이
허공을 움켜잡고 있습니다.
식물의 저녁에 촘촘히 지층을 만들고 있는 바람
붉은 등에 기대어
비틀어짐의 묘술을 연출하며 아슬아슬합니다

실타래처럼 꼬인 여름 두 줄기가
공중의 고요를 비틀고 있습니다.

스스로 몸을 헐어
족적足跡을 신고 가는 축의 바깥
고슴도치처럼 가시를 세우고 핏대를 올린 목이 붉습니다.

벌어진 작은 입술에 고인 진득진득한 음역陰易
곡선과 곡선이 맞닿아 서로 엉킨 그늘
쉽게 양보할 수 없는 어지러움이 현기증을 향해 오르고 있습니다.

여러 개의 꽃송이가 나선형 계단에 쉬고 있습니다.
어쩌면 삐뚤어진 바람 두 줄기가
풀어지고 있는 중인지도 모릅니다.
햇볕을 달구던 긴 여름, 색소 빠진 매듭이 풀리고
바람의 계단이 사라지고 있습니다.

# 후투티 세탁소

숲의 경사면에서 바람이 팽팽해진다.
붉은색 단추 같은 꽃들이 떨어지면 숲엔,
안감의 흰꽃들이 핀다.
먼 곳의 주름이 몰려오는 한낮
흑백의 천조각이 펄럭거린다.
안팎이 다른 구름을 펼쳐놓고 본을 뜨는 가위질 소리
덜 마른 구름의 조도가 낮아질 때
몇 방울 물소리가 떨어진다.
맑은 날엔 산의 꼭대기에 붉은 천이 펼쳐지기도 한다

후투티새의 울음소리가
세 – 탁탁 목청을 높이며 골목을 도는 목소리 같다
후두두 후두두 숲을 밟고 달려오는 소나기
바람이 빠른 풍속으로 숲을 돌리면
원통 속 빨랫감처럼 숲은 물길이다

일제히 날개를 펴는 나무들, 연초록 깃털에 매달린 수만 개의 종鐘
을 치고 숲을 빠져나가는 바람
잎사귀들은 무거운 시간을 견딘다.

상한 숲의 한 귀퉁이가 수선대 위에 올려진다.
붉거나 흰 단추들이 떨어진 자리마다
오려내고 봉합하는 메마른 바느질 소리.
녹색 겉감을 뒤집어 안과 밖을 바꿔 꿰맨
어둠의 거품집을 뒤집어쓰고 나온 붉은 물결이 우수수 흘러내린
다.

깔깔한 조각천 몇 장 손바닥에 올려놓았다
후투티 소리가 멀어지고 있다.

## 아이의 숨기놀이


아이는 나무의 뒷면에 웃음을 숨기고
한낮의 햇빛은 삐죽이 누워 있는
아이의 그림자와 논다
뒷면을 살피는 시간이, 깔깔대는 웃음이, 몇 분의 시간이 사라진
다.
백양나무 숲은 여름을 숨기느라 바쁘고
각자의 이름을 부르고 찾는 놀이
기울어진 백양나무 축대 어둑한 그림자 안에서
와르르 쏟아지는 새들의 소란.
숨고 찾기를 반복하는 사이
숲의 내부 속으로 점점 오르기만 하는 날들
한발 한발 멀어지는 중심일수록
미궁의 골목들과 가깝고
아이가 돌아오는 길은 점점 어두워져만 간다.


나무의 몸피에는 몇 번의 묵은 계절이 들어 있는 걸까
칸칸의 서랍들마다 어둠이 들어가고
새의 울음을 껴입고
멀리까지 갔다 오는 나뭇가지들
여름에 숨어 있던 넓은 계절이 슬그머니 돌아오는 시간

새의 목소리 같은 낙엽이 뚝뚝 떨어진다.

아이가 제 몸에 숨는 동안
모르는 척, 헛기침만 보내는 어미들
숨기놀이는 서로를 결박하는 것처럼 보이지만
멀리까지 따라오는 길이란 없다

돌아온 아이가 구부러진 그림자에 제 몸을 눕히는, 아무도 찾지
않는 시간.

# 생일날 찾아온 가슴 뛰는 당선

먼 곳의 숲을 쓸고 온 바람이 나무의 귓전에서 쉬고 있습니다. 식물들의 언어란 저렇듯 손가락을 귀에 후비듯 만들어지는지 나무줄기 끝 빈 고막이 키득거림으로 가득 차는 것을 봅니다.

물고기의 씨앗을 품은 구름이었을까요?

낮달을 돌아 우회하는 구름이었을까요?

언덕에 사다리를 걸쳐놓고 몸을 접는 호수였을지도 모르겠다는 생각도 드는군요.

시는 왜 굳이 나에게 찾아와 단추가 되려 했는지 의문이 드는 날들이었습니다. 불안한 꿈은 늘 잠을 앞질러 가곤 했습니다. 새벽에 일어나 가끔 옥타비오 파스의 단추를 읽었습니다. 그 때 시는 제 옆에서 새우잠을 자고 있었습니다.

뒤집힌 풍뎅이를 집어 바로 놓듯, 그동안 알고 지내던 시를 뒤집어 놓고 싶었습니다. 늦은 나이에 웬 공부가 그리 바쁘냐는 핀잔도 간혹 있었습니다. 등으로 날아다니는 것들, 그러나 그 등 때문에 버둥거리고 있다는 것을 보는 마음을 간신히 찾았습니다. 참 고맙고 고마운 늦은 발견입니다.

"생일 축하해."

생일날 당선 소식을 접했습니다.

심사를 보신 백무산 선생님과 안도현 선생님의 축하 전화를 받고 가슴이 뛰었습니다. 아무 말도 할 수 없었습니다. 눈물과 함께 쓴 알약 같은 긴 시간들이 흰 눈발로 날리고 있었습니다. 그렇듯 당분간은 아프지 않은 시를 만날 것 같았습니다. 부족한 글을 뽑아주신 선생님들 앞에 큰절 올립니다. 그리고 내 심장과 같은 남편과 두 아들에게 이 기쁨을 나누고 싶습니다.

마음속에 떠오르는 얼굴들을 다 말할 수 없지만 시의 첫 걸음마를 가르쳐주신 박제천 선생님. 우문愚問을 들고 가면 늘 현답賢答으로 지도해주신 박해람 선생님께 큰 감사를 드립니다. 끝으로 경운서당 학우들과 기쁨을 나누고 싶습니다.

# 살아 있는 생각과 언어의 결

응모작들이 기성 시단의 어떤 흐름에 깊이 감염되어 있는 느낌을 받았다. 말과 말 사이의 공간이 너무 커서 완전한 독해가 어려운 시들이 적지 않았고, 유행하는 소재를 검증 없이 끌어다 쓰는 안이한 시도 여럿 있었다. 감동을 생산하려는 의지보다 시를 잘 만들려는 욕망이 비대해졌기 때문이 아닐까? 시의 리얼리티에 대한 배려가 전반적으로 부족해 보였다.

당선작을 결정하는 데 시간이 꽤 오래 걸렸다. 신성희 씨의 「신발들이 날아간다」는 가장 읽을 만한 시였다. "벌판에 버려진 신발이 하나 있다/그 외발을 벌판의 창문이라고 혼자서 불러보았다"는 첫머리부터 시선을 사로잡았다. 현란하고 강렬한 이미지들이 시 읽는 재미를 배가시켰다. 다만 지나치게 궤도를 이탈한 몇몇 불안한 표현에 꼬투리를 잡지 않을 수 없었다. 참 아깝다. 머지않아 좋은 시인으로 다시 만날 수 있으리라 기대한다.

강정애 씨는 시적 대상을 객관화하면서도 충분히 자기 말을 할 줄 아는 시인이다. 당선작 「새장」은 생각과 언어의 결이 살아 있는 시다. 자칫하면 상투성의 늪으로 빠질 수 있는 나무나 새와 같은 소재를 붙잡고 묘한 긴장감을 만드는 데 성공했다. 무엇보다 감정을 자제하는 능력이 뛰어나고, 대상을 자기 안으로 바짝 잡아당겨 시를 쓰는 사람이라는 방증이다. 앞으로 서정의 지평을 크게 넓히는 시인으로 성장하리라 믿는다.

심사위원 : 백무산 · 안도현

# 권민경

1982년 서울 출생
서울예술대학 문예창작과 졸업
동국대학교 문화예술대학원 문예창작학과 석사과정
2011년 동아일보 신춘문예 시 당선

nunkiforu@naver.com

■동아일보/시
오늘의 운세

# 오늘의 운세

나는 어제까지 살아 있는 사람
오늘부터 삶이 시작되었다

할머니들의 두 개의 무덤을 넘어
마지막 날이 예고된 마야 달력처럼
뚝 끊어진 길을 건너
돌아오지 않을 숲 속엔
정수리에서 솟아난 나무가 가지를 뻗고 꽃을 피우고 수많은 손바
닥이 흔들린다
오늘의 얼굴이 좋아 어제의 꼬리가 그리워
하나하나 떼어내며 잎사귀점 치면
잎맥을 타고 소용돌이치는 예언, 폭포 너머로 이어지는 운명선
*너의 처음이 몇 번째인지 까먹었다*

톡톡 터지는 투명한 가재 알들에서
갓난 내가 기어나오고
각자의 태몽을 안고서 흘러간다
물방울 되어 튀어오르는 몸에 대한 예지
한날한시에 태어난 다른 운명의 손가락
눈물 흘리는 솜털들

나이테에서 태어난 다리에 주름 많은 새들이
내일이 말린 두루마리를 물고 올 때

오늘부터 삶이 시작되었다
점괘엔
나는 어제까지 죽어 있는 사람

## 소문

권총을 갖고 있지 않아요. 나는 죽지 못했어요.

채찍 소리에 놀란 아기들이 울부짖고 꼬마들은 돌을 던져요.

부수지 못하게 붙들래요. 촛불을 들고 맴돌래요. 코끼리 코처럼 그림자가 길어져요.


사람들은 나에게 비틀어지고 냄새나고 구멍 많은 별명을 덧붙여요.

지평선 너머까지 이어지는 이름을 쫓아가고 싶지만

내일은 겨울이 올 전망이고 꽃들이 만발할 거란 예보에 떠나지 못해요. 토끼풀 사이에서 내가 소문일 가능성을 발견한 날, 천둥은 치지 않아요.

호두가 떨어지고 껍질이 갈라지는 동안 내 몸이 벼락을 맞고 아득해져요. 꽃과 삶이 멀리 멀리 떠내려가요.

도깨비불의 손바닥이 굉음을 내고 팔다리는 여러 마을로 흩어져 다른 얘기가 돼요.


가장 처음 도착한 동네에선 횃불을 들고 달려오는 성난 어린이들.

내 그림자는 자꾸만 불어나요, 발가락과 멀어진 머리칼이 소릴 지르고

소머리 탈을 쓴 아이들이 무서워 눈물이 흘러요.

입술에 빨간 칠한 어둠이 부리를 벙긋거려요.

벙어리로 내 이름 말하고 몸서리치는 밤.
새로운 그림자를 달고 일어나고 싶어요.
어른들이 개머리판을 만들 호두나무를 찾아다니고 나는 아직 죽
지 못했어요.

# 대출된 책들의 세계

날 읽으러 가자
사회인류학에서 갑자기 동물학으로 넘어가고
발을 잘못 들여놓으면 푹 꺼지고 마는
나무들의 납골당, 납골당 정글이야
봐, 한눈파는 사이
누군가 내 기억을 데려갔잖아
전집들은 자리를 비워놓고 모른 척하네
구멍 사이에서 얼굴들이 힐끔힐끔 쳐다봐
얼굴은 또 다른 얼굴들로 바뀌네
보고 싶었고 보기 싫었던 모든 얼굴

퀴리 부인이 라듐을 정제하고 학교 앞 컵떡볶이 아줌마가 떡볶이
에 이쑤시갤 찔러 줘요 올챙이들은 피를 흘리며 흙바닥에 누워 있고
요술 공주 밍키가 어른으로 변신하는 동안 난쟁이 아줌마에게 다방
언니가 너 몇 살이니 물어봐요 네로 황제로 분장한 코미디언이 짜증
을 내면 나에게 깨물린 친구가 미끄럼틀에서 떨어져요 외할머니는
라디오를 들으며 셔틀콕을 만들고 혼수상태의 친할머니가 침대 위
에서 헛소릴 하고 철가방 들고 배달 가는 엄마 뒤를 새끼 밴 쫑이 쫓
아가고 실종된 아이들 얼굴이 담긴 전단지가 벽에 빼곡한데

머리 위로 후드득 지나간 길이 쏟아져
되돌아가려 해도 밟은 자리마다 꺼져 버리네
나를 조사한
나학생대백과사전 나여성백과사전 나민족백과사전
모두 자라나는 정글이야
내일을 재촉해도 건너뛰지 못하지
내 몸 속 수많은 얼굴들의 세계

# 같이 미술관 가요
── 시공세계의 미술관


　빼곡히 전시된 발자국을 밟아요. 나선형 계단을 따라 올라오는 구름.
　구름과 구름 사이 어스름. 머리 위에서 별들이 빛나요.
　모두 다른 밝기 같은 이름을 가졌어요.
　루뻬를 하늘에 대고 국경의 흔적을 찾아요.
　하늘 귀퉁이가 누렇게 질려요.
　불이 버럭 타오르면 낯선 풍경 속에 서 있어요.
　마구간에서 자전거가 울부짖어요.
　강아지들이 목줄과의 사이를 생각하는 동안 꽃들이 컹컹 짖어요.
　웃음소리 내며 풍경을 옮겨 다녀요.
　구멍이 자꾸 새로운 구멍을 만들어요.
　그 안에 또 다른 숲이 있고 밤은 눈동자를 낳아요.
　태어난 눈들이 제 몸을 찢으면 다시 새로운 얼굴.
　길 위에 수많은 풍경이 코를 내놓고 있어요.
　바람이 다가와 코를 틀어막으면 풍경이 숨을 헙, 그대로 멈춰요.
　삶이 수줍게 박제돼요.
　빛나는 하늘이 자리를 지켜요.
　멈춰진 풍경 속에서 오늘이 알을 낳고 있어요.
　어제와 내일이 벤치에 앉아 있어요.
　숨어 있던 시간들이 겹쳐 보이고

머리 위에선 다른 색깔과 같은 생일을 가진 별들이 빛나죠.

# 플라잉 월렌다스*


고무줄놀이를 익히느라 유년을 보냈지
가장 아름답게 고무줄을 넘은 후 밧줄에 올랐어
떠 있는 일은 중독이야
세상엔 어려운 일이 많고 꿈과 꿈 사이를 걷는 일이 숙제로 남아
있고 익숙해진 삶을 끊는 것은 쉽지 않지


나는 날개가 있는 인종으로 진화 중이야
아직 깃털이 부족하니 아침과 저녁 사이엔 줄을 놓아줘
자전거를 타고 공중으로 출근하는 길
바퀴 너비만큼 좁은 다리만 필요해
넘어지지 않게 지탱해주는 허공
서류봉투를 든 새와 이어폰을 낀 구름 사이에서 나는 내일을 향해
자라는 중이야


까마득한 아래, 자동차와 유모차가 지나다니고 찡그린 얼굴과 미
소가 날아다녀 하지만 태양에 손이 닿진 않지
바람이 빠르게 스치는 날엔 의심이 들어
나는 하늘에 서 있는 걸까 땅 위에 서 있는 걸까
촘촘한 시간 속을 날아다니는
영혼들은 몸이 아니라 정체성이 투명하다

날갯죽지는 단단하고 내 날개가 너무 멀리 있어서 이 밑이 항상
궁금하지
　우리의 진화는 너무 더뎌
　언젠가 똑똑하고 유연한 귀신으로 성장하면
　박수소리와 오늘의 뉴스와 어린애들의 눈빛이 지나다니는
　줄다리 밑을 날아갈래


* 플라잉 월렌다스(Flying Wallendas) : 공중곡예로 유명한 가족 서커스단. 그들에
　게 한하여 추락사는 산재다.

# 자폐

고양이가 화상을 입었어요. 호수가 하늘로 쏟아지고 구름이 땅으로 파고들고 나는 유일한 혈육인 내 몸을 껴안고 춤춰요. 집은 열두 달 밤낮을 꼼짝없이 누워만 있다가 숨졌어요. 수많은 표정들이 태양이 이글거리던 날 냄새를 풍기며 죽었어요. 신호등 속으로 사람들이 투신하고 자두나무가 따라 죽고 목각인형과 식충식물이 죽었어요. 귀 잘린 개가 돌아오지 않아요. 새끼 밴 송아지가 돌아오지 않아요.

모든 비들이 수챗구멍 속으로 빨려 들어가요. 비 맞은 풍경들이 함께 들어가요. 반쯤 녹아내린 비누가 나를 깨끗하게 해요. 어젯밤의 이불도 오늘 낮의 앞치마도 표백돼요. 사진 속의 얼굴이 방울지어 퐁퐁 사라져요. 내가 한 입 깨물고 버린 롤리팝이 옷장 속에서 소용돌이쳐요. 공동묘지가 내게 호통쳐요. 옷이 모두 날아가고 난 벌거벗고 다녀요. 세상 어디든 다녀요.

도시도 시골도 아닌 곳에서 시간이 멸망하는 걸 지켜봐요. 보름달이 녹는 걸 바라봐요. 집은 연속적으로 허물어지고 길이 기하급수적으로 늘어나요. 아무도 발자국을 낳으려 하지 않고, 목소리가 태어나지 않아요. 하지만 난 꼭 태어나고만 싶어요. 나는 요람의 마지막 자식이자 외동이. 연필로 그려진 수배 전단 속에 내가 머리칼을 휘날리며, 긴 꼬리를 흔들며

멀리멀리 달아나요.

# 철 없는 나, 오늘부터 새삶 시작

왁! 하고 놀래주고 싶어요. 간질이고 꼬집고 싶어요. 점점 더 철없어질 거야. 그건 자신이 있어요. 무서운 게 없지만 못난 시 쓸까 봐 두려웠어요. 이제 즐겁게 걱정할래요. 마음껏 뛰어다닐래요.

날 책하고 한 우리에 넣어준 엄마 아빠께 감사해요. 그게 아니었다면 난 뭐가 되어 있을까. 늑대 소녀 정도가 아닐까. 늦은 입학에 등록금 보태주신 할머니. 5년 전 어느 날, 수상 소감에 자기 이름을 찜한 쓰니와 우리 공사판 인부님들. 예대 동기 언니들과 멋진 형부님들. 사리와 엉식 식구들. 따뜻한 사람들 안에서 못된 내가 얼마나 편안해지는지 아시나요. 발상 스터디원들과 심화과정 학우들. 고맙습니다. 이 글에는 투명한 하트가 딸려 있답니다. 이효영 군의 소설은 제일 재밌어요. 효와 함께 걸어갈 생각에 즐거워.

김혜순 선생님께서 계시지 않았다면 아마 아무것도 쓰지 않았을 거예요. 그랬다면 늑대 소녀조차 못되었겠죠. 황병승 선생님께서 첫 시간에 저에게 해주신 네 목소릴 내라는 말씀은 항상 잊지 않고 있어요. 너그러이 청강생으로 받아주신 이원 선생님은 시인은 예언의 지점을 가져야 한다고 하셨어요. 저 자신을 예언하자면, 오래오래 철없는 시인이 될 거예요. 박성원 선생님께서는 항상 단점보다 장점을 살려주셨어요. 글을 써도 되겠다는 자신감은 그때 생겼답니다.

세상을 넓혀주신 두 분 심사위원 선생님들께 감사드려요. 도망치지 않고 오래 서 있겠어요. 그리고 못생긴 저를 예쁘게 길러주신 조동범 선생님. 선생님께는 기쁨이 되는 제자가 되었으면 합니다.

철없는 사람이 되고 싶어해서 미안해요. 난 이제 막 태어난 어른이에요. 어느 시에서처럼, 오늘부터 삶이 시작되었어요.

# 생의 아이러니 흥미롭게 포착

예심을 통해 올라온 작품들 중에서 심사위원들이 주목한 작품은 네 사람의 것이었다. 임춘자 씨의 「주유소의 형식」 등 6편은 안정된 표현력과 구조를 가지고 있었다. 한연우 씨의 「그늘의 위대한 고집」 등 6편은 언어에 대한 수사적 능력에서 장점을 보여주었다. 류성훈 씨의 「저녁의 진화」 등 5편은 어법의 상대적인 참신함이 인정되었다. 권민경 씨의 「대출된 책들의 세계」 등 5편은 시적 언어의 능력과 상투성을 비껴가는 감각이 돋보였다.

마지막까지 논의된 것은, 작품들 사이의 편차가 적었던 임춘자 씨와 권민경 씨의 시들이었다. 임춘자 씨의 작품들이 가진 안정감과 쉽게 이해할 수 있는 표현들은 평가할 만한 것이었으나, 설명적인 부분들이 감상적인 의미 안으로 시를 가두었다. 권민경 씨의 시는 묘사와 표현의 감각이 청신했다. 당선작이 된 「오늘의 운세」라는 작품의 경우, 개인적 운명과 삶의 시작을 둘러싼 시적 해석이 세밀하고 다채로운 이미지들을 통해 펼쳐지고 있었으며, 생의 아이러니를 포착하는 방식도 흥미로웠다. 심사위원들은 시간의 아이러니에 살아 있는 이미지를 부여하는 능력을 중요한 가능성으로 인정할 수 있었다.

심사위원 : 이시영 · 이광호

# 김후인

본명 김혜숙
1952년 경남 통영 출생
삼육대학교 졸업
방송통신대학교 중문과 4년 휴학 중
재림문인협회 회원
2011년 부산일보 신춘문예 시 당선

pyungjin-1@hanmail.net

■부산일보/시
나무의 문

# 나무의 문

몇 층의 구름이 바람을 몰고 간다
몇 층 사이 긴 장마와
연기가 접혀 있을 것 같다
바람의 층 사이에 머무르는 종種들이 많다
발아發芽라는 말 옆에 온갖 씨앗을 묻어 둔다
여름, 후드득 소리 나는 것들을 씨앗이라고 말해 본다

나는 조용히 입 열고
씨앗을 뱉어낸 최초의 울음이었다

오래된 떡갈나무 창고 옆에
나뭇가지 같은 방 하나 들였다
나무에 걸린 바람을 들여놓고 싶었다
지붕이 비었을 때엔 빗소리가 크다
빈 아궁이에 솔가지 불을 밀어 넣으면
물이 날아올랐다
물기를 머금고 사는 것들이
방 안을 채울 줄 알았다
아궁이 옆에서 뜨거운 울음의 족보를 본다

실어 온 씨앗으로 바람은 키 작은 뽕나무를 키웠다
초여름, 초록이 타고 푸른 연기가 날아오르고
까만 오디가 달렸다

문을 세웠더니 바깥이 들어와
빈 방이 되었다
바람의 어느 층이 키운 나무들은 흰 연기를 품고 있다
어제는 나무의 안쪽이 자라고 오늘
나무의 바깥이 자랐다

나무는 어디가 문일까

문을 열어 놓은 나무들마다
초록의 연기가
다 빠져나가고 있다

# 손바닥에 꽃잎을 받다

꽃잎이 바람을 겨냥했다
깊은 잠 속에 떨어진 꽃잎을 주워 하나씩 손바닥에 얹어주는 아이
는
꽃잎이 첫 경험이라 손이 붉다

나무는 두 곳의 계절에 마음을 두고
그 중 길 잃은 것들을 먼저 뿌린다
지난 계절 맨손으로 얼어 있던 꽃잎들
늦은 눈처럼 뿌려지면서 죽음의 출구를 조용히 연다
떨어지는 바람에도 식지 못한 이마는 열꽃발진으로 길게 앓을 것
이고
꽃잎이 죽은 자리를 짚는 푸른 손들
더 이상 어떤 계절도 스며들지 못하게 하겠다는 듯
검은 그늘을 덮고 있다

세상의 모든 꽃잎이 떨어지면서 진술한다면
모든 떡잎은 성체成體를 부탁하고 떠날 것이다

오래된 화분 속 엉켜진 뿌리처럼
목질화되어 쫓아낼 수도 없는 감기몸살은 어느새 뒷굽 적당히 닳

은 신발같이 익숙하다
  오래된 화분만큼 나이 먹은 병
  급히 존재를 감아버리는 병들은
  환절기 틈새에서 돋아나는 익명의 떡잎처럼 어린 병일까
  불현듯 핀 종양은 이생의 잔명殘命을 고지하는 것이라는데

  손바닥에 꽃잎을 받은 날부터 감기를 앓는다
  꿈속에서는 바람이 잠잠해질쯤 열매가 떨어질 것이라고 했다

# 쥐똥나무 울타리


행선지가 다 떠나버린 버스 정류장
잠깐의 정적, 그 속에 새떼들이 앉습니다.


꽃으로 보아두었던 봄은 하양下揚이었습니다


어둠이 날아가 버린 곳에서는
느긋하게 먹을 수 있는 휴일이 없습니다
어둠의 씨 같은 쥐똥나무 열매들
맨 아래에서 올라온 꽃은 맨 위의 문이 되고
어느 씨앗은 새들의 염통에서 포란抱卵을 견디기도 합니다.


새들이 두리번거리는 것은 날개를 접었기 때문입니다. 급작스러
운 새들의 비상엔 애초에 배차시간 따위는 없습니다. 목적지와 숫자
들만 포르륵, 오르내리고 있습니다.


결국, 새들을 키우는 것은 불안이지요.
소리에 스스로 놀라는 새들은
바람 불어 흔들리는 나무에는 놀라지 않습니다.


그 소리에 놀란 쥐똥나무도 흔들립니다

안심한 모습으로 편안하게 흔들립니다
쥐똥나무라는 이름이 제격인 것은
어둠을 타고 다니는 쥐들의 불안함을 새들이 먹고 살기 때문일 것
입니다

파릇해진 봄날이 푸드득, 날아가고 있습니다.

# 포보스

달은 물처럼 흘러들어와 물처럼 어두워진다.

마을에 알맞은 어둠의 수위가 고이면
발 가벼운 것들, 물고기처럼 흘러다닌다.
오래 전 수몰된 위쪽 마을엔
달이 빠져 환한 창고가 되었다.

달의 그림자를 안고 스스로 위성이 된 저수지. 물이 차고 빠질 때
마다 건기와 우기의 공전 주기가 월력月曆을 넘긴다. 서쪽에서 떠서
동쪽으로 지는 별, 마을에 사람이 들기 시작할 때 모든 것들은 스스
로 위성이 된다.

마을 사람들은 불룩해진 위성의 인력引力으로 한철을 보내고 건기
쯤 마을의 자력이 멀어지면 온갖 둥근 과일들이 떨어졌다. 한 번도
출렁거려 보지도 못한 수면, 가장 한가운데로 달이 빠질 때 달은 조
용히 마개를 열고 스스로 진다.

둑엔 아이들이 놀았고 저녁이면 아주 가끔 아이를 부르는 소리들
이 있었다. 소리는 들리는 동안만 소리여서 아이들은 이 소행성의
유전자를 가지고 싶었다.

마을 주위에 돋아난 작은 위성들마다 파릇한 잔디가 자란다. 그
어떤 속도로도 갈 수 없는 거리가 있고 소멸은 가장 친숙한 호칭으
로 가계家系에 기록된다.

달처럼 생긴 마을에 달이 떴다
저 먼 물의 덩어리가 흐르는 동안
잠은 밤의 위성으로 뒤척인다.

# 삼촌은 이발사

일 년치 머리를 몰아서 깎는 날
벌써 억새들은 하얗게 세어가고 있다

죽음이 맡겨놓은 종답宗畓 일구면서 수몰된 집채 가늠하듯 가끔
봉분 위치를 가늠하고 사후의 집 주인들과 맺은 느릿한 계약. 팽팽
한 고무줄 같은 세상을 사는 사람들은 살기가 바쁘고 오래 전 한쪽
세상이 기울어진 막내삼촌은 바쁠 것이 없어져 사후의 몸들 머리 깎
아주는 이발사가 되었다. 가시 섞인 모근을 걷어내는 일은 바쁘지
않아도 되는 일이었다.

수몰된 집에는 창문이 쓸데없듯
죽은 이들은 계절을 사용할 일이 없어졌지

죽은 이도 머리칼과 손톱이 자란다고 믿는 삼촌은, 그것들이 사람
의 숨에 기대고 사는 것이 아니라 다만 몸뚱이에 기대어 있는 것이
라는 것도 굳게 믿고 있다

몇 개의 낫날을 벼려놓고
풀들의 기력이 쇠하여지기를 기다리며 갓 베어낸 풀냄새를 떠올
린다

이 다음 한쪽의 세상마저 기울어지면
두 다리 다 편히 쉴 수 있는 마을에 들어
삼촌도 나도
잠깐 동안 아주 잠깐 동안 풍기다 사라지는
그 풀냄새이면 좋겠다.

## 결치缺齒

장날인데도 닫혀 있는 가게 유리문 위로 페인트 누룽지 나달나달
한 간판이 붙어 있다 자전거 정류장이던 포플러 밑둥치도 문 열리기
를 기다리고 있는데

녹음이 거추장스러워지는 늙은 정류장은
이따금 시간을 빼버리기도 하지
오일장에 나온 사람들
바람이 새나오는 닫힌 문을 기웃거리는데
넓은 나뭇잎 하나 떨어지듯 버스가 선다

결치缺齒가 몇 군데 있네요
통증을 예감시키는 한마디
아무렇지도 않던 빈 자리가 당첨되지 않은 복권 같아
슬며시 감추고 싶은데
일직선으로 그늘을 만드는 포플러들이 보인다
그 끝자락쯤 구부러진 길가 반사경이 서 있고
결치가 반사되고
꼭꼭 씹히지 못한 바람은 먼지를 붙여주고 간다

일직선 그늘에는 이따금 베어진 그늘이 무료하게 섞인다

허름한 유리문 붉은색 문구들엔
글자의 획들이 떨어져 나가 있다
" 길 ㅏ방 "

결치의 자리처럼 오래 우물거리는 풍경
파장 무렵이 훌쩍 지나도 팔리지 않고 쌓여 있다
빈 집은 충치蟲齒처럼 조용히 썩어갈 것이다.

# 나무의 문을 열고 첫 불을 넣는 각오로…

　나무의 문이 만들어준 빈 방에 첫 불을 넣으러 가야지 예정만 하고 있었습니다. 사실은 첫 불을 넣으면서 하고 싶은 일이 있습니다. 그 옛날 어머니 밥 짓던 밥불을 흉내내보는 것입니다. 아궁이 밖으로 넘치던 불길과 젖은 나무들 매운 연기에 짓던 눈물까지 고스란히 따라 해보고 싶었습니다.

　그런데 이제는 첫 불 넣으며 할 일이 한 가지가 더 생겼습니다. 매운 것은 연기가 아니라 그리움이라는 것을, 그리고 그 기억의 끝엔 따뜻한 아랫목이 기다리고 있겠지요.

　제게는 너무 일찍 떠난 것들이 많습니다. 그 상실들이 생각날 때마다 시를 생각했었습니다. 오래 같이하다 보면 따뜻한 아랫목 같은 문장 하나 남을 것이라는 확신이 들었으니까요.

　정말 간절하게 원하고 절절하지 않으면 이룰 수 없는 것들이 태반인 세상의 어떤 일처럼 제게는 글쓰기도 그랬습니다. 어머니 빈 자리가 깨워서 겨우 마련한 글밭이 자칫 묵정밭이 될 뻔했지만, 다시 갈아엎고, 자갈돌을 주워내게 해 주신 것만으로도 참으로 감사한 일인데, 이렇게 기어이 지경까지 넓게 해주신 박해람 선생님께 깊은 감사를 드립니다.

　앞서 날개 달고 나가며 재촉해준 경운서당 학우들도 고맙구요, 어린 학우 하엽이에게는 특별한 고마움을 전합니다.

　이제 문고리를 잡았으나 문을 열기가 겁이 나기도 합니다. 시 한 편을 쓸 때마다 늘 빈 방을 새로 들이는 각오가 있겠지요. 첫 불을 잘 들이고 두려운 불길도 손에 익어가겠지요. 추운 겨울이라 말들 하지만 제게는 씨앗을 생각하게 하는 봄날입니다.

미숙한 글을 뽑아주신 심사위원님과 저의 푸르른 시절이 담겨 있는 고장 부산의 부산일보사에 감사드립니다.

그러나 모든 것보다 먼저 제게 글 쓰는 마음을 허락해 주신 하나님께 감사드리며 늘 큰 격려를 해주신 재림문협 회원님들에게도 감사드립니다.

또한 꼭 늦은 밤에 글 쓰는 버릇 때문에 가끔 아침을 차려주지 못해도, 등기 심부름을 자주 시켜도 참고 기다려준 남편, 아들, 딸 그리고 방해꾼이면서 따로 글감도 주는 정후에게 사랑한다는 말 전하고 싶습니다.

발아라는 말 옆에 시의 씨앗을 틔우고 묻습니다.

# 치밀한 문맥 · 팽팽한 거리 믿음직

세상은 갈수록 미궁이지만 시를 읽는 일은 여전히 즐겁다. 우리 앞에 놓인 한 아름의 희망들이 온 세상을 새롭게 밝힐 것이란 기대를 갖게 했다. 응모 편수는 예년과 비슷했으나 본심에 오른 작품들은 전반적으로 향상된 수준이었다. 고만고만하게 다듬어진 시들이 주류를 이루던 예년과는 달리 수작과 태작의 경계가 분명하게 드러났다. 이는 강습 등을 통해 만들어진 시가 아닌 자생적인 시 쓰기가 회복되고 있는 조짐으로 이해할 수도 있겠다.

우리의 손에 마지막까지 남은 작품은 박길숙의 「적도에서 온 남자」 외 2편과 김후인의 「나무의 문」 외 4편이었다. 박길숙의 시들은 발랄한 감각과 자유분방한 보폭이 흥미로웠다. 시의 큰 덕목인 새로움의 추구에는 부합하지만 완성도가 다소 떨어지는 편이었다. 반면 김후인의 시들은 단단하고 치밀한 문맥, 팽팽한 거리두기가 믿음직스러웠다. 그동안 연마한 내공이 만만치 않음을 보여주었다. 보내온 다섯 편 중 어느 작품을 당선작으로 뽑아도 좋을 만큼 수준도 골랐다. 빈틈을 보이지 않는 견고한 윤곽이 불만이라면 불만이었다. 시의 힘은 숨쉴 여백을 만들며 출렁거릴 때 나오는 것이기도 하다.

오랜 숙의 끝에 우리는 박길숙의 시들이 좀더 숙성되는 과정을 거치기를 바라며 김후인의 「나무의 문」을 당선작으로 결정했다. 가장 작고 낮게 발언하면서도 가장 높고 멀리 퍼져가는 시의 위대한 과업을 성실히 수행하리라 믿는다.

심사위원 : 정진규 · 강은교 · 최영철

# 박송이

1981년 인천 출생
한남대 국문과 박사과정 수료
한남대 강사
2011년 한국일보 신춘문예 시 당선

baboya5001@hanmail.net

■한국일보/시
새는 없다

## 새는 없다


우리의 책장에는 한 번도 펼치지 않은 책이 빽빽이 꽂혀 있다


15층 베란다 창을 뚫고 온 겨울 햇살
이 창 안과 저 창 밖을 통과하는 새들의 발자국
우리는 모든 얼굴에게 부끄러웠다


난간에 기대지 말 것
애당초 낭떠러지에 오르지 말 것


바람이 불었고
낙엽이 이리저리 굴러 다녔다
우리는 우리의 가면을 갖지 못한 채
알몸으로 동동 떨었다


지구가 돌고


어쩐지 우리는 우리의
눈을 마주보지 않으면서
체위를 어지럽게 바꿀 수 있었다
우리는 우리의 멀미를 조금씩 앓을 뿐

지구본에 당장 한 점으로
우리는 우리를 콕 찍는다
이 점은 유일한 우리의 점

우리가 읽은 구절에 누군가 똑같은 색깔로 밑줄을 그었다

새들은
위로 위로
날아
우리는 결코 가질 수 없는
새들의 발자국에게 미안했다

미끄럼틀을 타는 동안
우리의 컬러링을 끝까지 듣는 동안
알몸이
둥글게 둥글게
아침을 입는 동안

우리의 놀이터에
정작 우리만 있다

# 성락원*

그녀는 병원에 누워 한쪽 가슴을 도려냈다

성락원 담장을 따라

장미가 피었고

피어서 아름다웠다

아무도 장미를 꺾어 가지 않는데

장미에게선 동그랗고 새빨간 사과향이 났다

나는 해바라기처럼 착하게

구름처럼 느리게

구름보다 천천히

그녀의 반쪽 가슴을 만져 보았다

베어 먹을 수 없는

못생긴 가슴 한쪽이

배시시 웃고 있는 거 같았다

떨어진다면

떨어질 수 있는

붉은 유월이었다


\* 은퇴한 여교역자들이 모여 사는 집.

# 메이킹 포토

더블린에 가고 싶었다
지도를 읽지 못하는 새들과

여러 편의 시를 쓰고 싶었다
반짝반짝 아름다운 암실 속에서

아무도 나와 눈을 마주치지 않았다
고열을 앓는 중일까
하얀 별들과

애인은 가장 먼저 상갓집에 갔다
겨울이 오면
겨울이었으니까

나는 꽃보다 일찍 시들었다
애인이 떠난 방에서

꽃이 피면
꽃이었으니까

# 강물이 깊어지자 물고기가 익사했다

오래 묶여 있던 개는

쇠사슬을 풀어놔도

그 자리를 떠나지 않는다

금강의 오리 떼

뒤돌아 가던 길 간다

## 오래 핀 것들

오래 핀 것들은 축제가 없네

오늘은 쑥향이 맹맹하고

오늘은 개나리를 노래해

봄길, 봄이래도 꽃이래도 달갑지 않네

나는 차라리 벚꽃처럼 꽃살라 찍히고 싶네

오래 방랑해서

오래 상실해서

노란 목덜미가 꽃병에 꽂히고

베인 봄은 가고 또 오고 와도

나리나리개나리

이것도 사랑이랄까

하, 오늘은 쑥향이 맹맹하고

오래 핀 것들

오래 앓는 법에

골몰하네

# 닭숲

매일 해가 지고요

매일 해가 뜨지요

닭 세 마리가 한 조로 갇힌 신식 철창의 사육장입니다

영양 사료가 여덟 개 라인에 배식됩니다

숲 속엔 죄다 걷지 못하는 나무들

야윈 발목에선 소독약 냄새가 진동합니다

오늘이 지나면 오늘이듯

삼파장 전구에 불을 켭니다

이만오천 마리의 부리들이 한꺼번에 쏟아집니다

부르다 만 노래를 이어 부를까

암탉이 무정무정無情無情 신음합니다

숲이 산란하는 시간입니다

# 숲에서 종종 길 잃어… 내 사랑에 대답할 차례

나는 작년 이맘때 대학 노트에 이렇게 쓴 적 있다. "숲은 만져 본 적 없는 울음의 낯선 천국이다. 숲은 헐벗은 동공이다. 그리고 메마른 바람이 지나치는 언젠가 살아본 그만그만한 표정이다." 나는 자주 숲길에 들어섰고 숲에 난 길을 따라 무작정 걷곤 했다. 숲은 늘 낯설고 평온했다. 종종 숲에서 길을 잃었고 숲길을 한참 걷다 보면 어느새 어둠이었다. 숲 어딘가에 퍼질러 한나절 먹먹하게 울고 싶다가도 간혹 숨이 턱턱 막혀 왔기에 느리고 길게 호흡해야만 했다. 내가 한때 메마른 심장으로 숲에서 길을 잃어버리고 싶었음을 고백한다.

노트에 나를 적는 밤이 짧아지기를 바란다. 나 아닌 다른 여행자의 숲길에서 나 아닌 무수한 여행자들에게 말 걸 수 있는 밤이 오래 찾아들기를 바란다. 이것은 내가 여태 사랑해 왔던 모든 사랑을 되찾는 작업이 아니라 내가 앞으로 마주할 모든 사랑을 준비하는 과정임을 안다. 어쩌다 우리는 이렇게 먼 거리에서 서로의 여행과 마주하는 것일까. 나는 여전히 숲길을 따라 걷는 중이다. 내가 무심결에 지나쳤을 숲길 사이로 한 무더기의 빛이 쏟아져 내린다. 나는 내 사랑에 대답해야 할 의무를 갖고 싶다. 나는 빛의 표정으로 또다시 살고 싶어진다.

국어국문학과 신익호 지도교수님과 여러 교수님들께, 문예창작학과 김완하 교수님을 비롯한 교수님들께, 심사위원 선생님들께, 만질 수도 볼 수도 없지만 멀찌감치 어떤 절실한 힘으로 나를 지켜보고 있는 모든 애인에게 감사드린다.

# 새의 존재에 대한 통찰 돋보여
# 앞으로의 가능성에 낙점

예심 없이 모든 투고 작품에 대한 심사위원들의 숙독과 합평으로 심사가 진행됐다. 시국 탓인지 꽤 많은 작품에서 유행처럼 죽음을 서슴없이 다루는 것이 우려스러웠다. 또한 빈번한 외래어의 사용과 심지어 영어를 그대로 시에 사용하는 것은 21세기 시의 정체성에 대해 고민하게 했다.

심사위원들은 죽음보다는 희망을 가진 작품에 기대를 걸며 「가족의 탄생」(팽샛별), 「감독의자」(지석현), 「새는 없다」(박송이)를 최종심에 올렸다. 「가족의 탄생」은 영화를 보듯 선명한 모습을 보여주었다. 한눈에 시를 들어오게 하는 힘이 좋았다. 하지만 당선작이 되기에는 시가 가지고 있는 강한 산문성이 문제였다. 그런 산문성이 시가 가지는 독특한 맛을 잃게 해 아쉬웠다. 앞으로 가벼워지는 것에 대해 노력해주길 부탁한다.

「감독의자」는 신선한 소재의 참신한 작품이었다. 산문시였으나 시의 흐름도 부드러웠다. 하지만 투고한 다른 작품이 그와 같은 무게를 보여주지 못했다. 앞에서 밝혔듯이 모국어로 쓰는 시에 영어를 그대로 쓰는 것은 경계해야 한다는 것을 당부한다.

「새는 없다」는 새의 존재와 상징성에 대한 통찰이 돋보였다. 다른 시들에 비해 긴 길이의 시인데도 불구하고 빠른 속도감에 좋은 점수를 얻었다. 투고자들이 흔히 가진 애매모호함을 극복하는 선명성도 좋았다. 하지만 감동으로 가기에는 힘의 결락이 있었다.

심사위원들은 「새는 없다」가 좋은 작품이라는 것보다는 가장 가능성이 높다는 것에 만장일치로 당선작으로 결정했다. 한국일보 신춘문예

시 당선자로 대성을 바란다. 최종심까지 올라온 투고자들에게는 다음
에도 기회가 있다는 격려의 말을 전한다.

심사위원 : 신경림 · 정호승 · 정일근

# 박현웅

1965년 충북 충주 출생
중앙대학교 동물자원학과 졸업
2010년 중앙일보 중앙신인문학상 시 당선

aortm65@hanmail.net

■중앙일보/시
사막

## 사막

오랜 공복의 위胃, 넓고 메마른 허기를 본다.
반짝거리는 털을 곧추세우고 걸어가는
몇 마리 신기루가 보였다
아니, 걷는 것이 아니라 건너고 있는 중이다
평생 모래를 건너도 모래를 벗어나는 일 없이
발목의 높이를 재보는 은빛여우

오래 전 모래 속에서 귀를 빌려온 죄로
사막에 소리를 맡기고 다녀야 하는 은빛여우
넓은 귀로 입맛을 다신다.
사구의 그림자가 모래 속에서 걸어 나와 주름으로 눕는 밤
은빛여우의 눈은 빛의 껍질을 벗겨낸 말랑한 과육
소리에 민감한 어둠덩어리다
허기진 소리들이 더욱 환해지며 서로의 먹잇감이 되듯
무서운 것은 포식자가 아니라
찾아야 할 작은 먹잇감이다
바람이 불 때를 기다려 식사를 끝내고
약간의 풀이 있는 곳, 여우가 제 발자국을 오래 천천히 핥는다.

작고 빛나는 사막 한 마리가 죽어 있다

바람이 만들어 놓는 칼날, 서서히 날이 서가는
죽음의 속도보다 느리게 생명을 쓰러뜨린다.
여우의 몸을 떠난 숨결이 오래
은빛 털을 핥는다.
걸음을 내려놓고 날개 없이 은빛 털들이 날아오른다.
채색하는 모래바람은 일렁이는 밀밭풍이다
사막에서 살찌는 것은 바람뿐이다

# 구부러진 입질

나무들이 어둑한 걸음으로
긴 그림자를 끌고 저수지 속으로 들어가는 저녁의 기슭
이 시간은 하루를 제본한 책의 겉표지 같다
페이지에 갇힌 일들이 물빛으로 반짝이고
가끔은 구부러진 고민 따위가 월척을 낚아 올리기도 하지

빛의 마지막 꼬리뼈가
수면의 고리를 입질하고 있다
만능키의 끝처럼 예민한 저 평행의 끝
기다림은 제로의 무게로 전부를 걷어 올리는 일이다
휘어지는 그 끝을 견디는 일이기도 하다
수평을 조율하며 바닥에 잠겼던 부력의 정점
캄캄한 한 보자기를 확 걷듯 수면이 걷히는 짧은 순간
파문 모양의 과녁을 열고 올라오는 어족의 지느러미마다
가시 같은 바람이 묻어 있다

어둠에 물음표 하나 던져놓고
누군들 이 깊은 수심이 궁금하지 않겠는가
새벽으로 갈수록 평평하게 펴지는 수면 속
날카로운 의문은 다시 어둠을 천천히 게워내겠지만

끊어지면 끊어졌지 그 물음표
다시 퍼지지는 않을 것 누구나 안다
파닥거리며 깨졌다가도
스스로 봉합되는 저 수면을 보려고 앉아 있는 것이겠지

붕어빵기계가 돌듯 물이 뒤집히고
구부러진 입질이 팔에 안긴다
딸깍, 불이 켜진 물의 입구가 다시 캄캄해진다

# 도서관

몇 권의 구름을 대출한 나무들
한낮의 졸음으로 페이지를 넘기고 있다
우수수 문장들을 뿌리며
한쪽 공중을 허무는 구름
잎들의 필사는 늘 바람의 일, 책장 넘기는 소리만 들릴 뿐이다
벌레 먹은 낱장들의 바스락대는 그림자
반짝거리는 햇볕들이 모여 있는
몇 그루 나무도서관 들[野].

수천 권의 문들이 빼곡히 꽂혀 있는 벽
서 있는 제목들,
눕지 못하는 고단한 비문碑文 같다
바람을 불러들여 놓고 꾸벅꾸벅 졸고 있는 줄거리들
쏟아지지 않는 잠의 저편이 엎드려 있다

나무들은 흔들리며 풍경을 복사한다. 대출이 뜸한 스피노자 영감은 구석의 칩거에 든 지 오래. 안경 깊숙이 밀도를 더하는 소용돌이가 잠깐씩 쉬고 있다

새들의 낭독, 소란스러운 창문 밖

자판기 커피 메뉴들이 뜨겁게 끓고 있다
책장을 넘기는 소리가 문득
삐걱거리는 경첩의 소리 같다는 생각.

# 와글거리는 집

달을 가르면 흰 씨앗들이 바글거리겠다

텅 빈 골목마다 흰 수위水位 찰랑거리는 재개발지구, 푸른 여름이
길게 딸려 나오던 호박 줄기들. 원래 방향이 없어 줄기라는 한 철이
아니라는 듯 물의 근육으로 바닥을 더듬거린 듯하다
버려진 내부, 버려진 침대에 늙은 호박이 여물고 있다

더듬어 찾은 문이 고작 가을 밖이라니
제 그림자의 부력으로 버틴 여름 한 철이라니

햇살이 접혔다 펴지는 사이 허공의 문이 있다

여름 내내 더듬어 온 곳. 그 사이 말라 버린 뿌리와 돌아갈 수 없
는 편도가 엉켜 바삭거린다

마지막으로 꽃피운 지점
한때는 우거진 잎을 뒤지며 이곳저곳 별자리 같은 자식들이 북적
거리던 집,
얼룩을 깔고 하관을 하듯 몸 누인 침대 위
늙은 호박이 쌀쌀한 내부를 견디고 있다

홀로 뚝 떨어진 행성 같기도 하다
아니, 슬하가 모두 끊어진 독거노인이다

문의 소리가 기둥이던 집, 이 집에 살았던 그 누구도 버석거리는
소식조차 없다
모든 것들의 뿌리는 처음의 자리에서 흙으로 녹아들고
이제야 여무는지 저 천공, 씨앗들이 와글와글하다
빈 집은 지금 만삭이다

# 가혹

한 송이에 갇히는 봄, 종신終身이라는 말에는 바깥의 감옥이 있다
꽃잎들이 탈옥하듯 화르르 날리고
그 짧은 사이에는 독백하기 좋은 방이 있지
문턱에는 가혹이 자주 넘어지지
살아서는 벗어날 수 없는 지경
열 손가락을 펴보면 남아 있는 날들, 감옥이
내 손 안에 있지
아무리 굽히고 넓혀도 창살을 벗어날 수 없지

손끝이 닿는 곳마다 소용돌이가 묻고
오늘도 몇 개의 지장을 찍고
담장 높은 어둑한 골목에서
다 돌아간 음반의 지지직거리는 소리를 듣는다
길을 줄줄이 매달고 걷는 노인의 걸음
늙은 감옥의 천정이 내려앉았는지 등이 휘었다

텅 빈 중심의 구멍을 향해 돌다가 트랙이 끝나면 조용히 거둬질
바늘, 절그럭거리며
곡의 마지막 부분을 긁는 중이다

어느 날 슬그머니 걸어나갈 몸 안의 독방獨房
한 송이를 벗어난
봄이 텅텅 비어가는 사이에
끝이 난 계절의 가혹이 여전히 흔들리고 있다

# 달로의 이주 계획서

가장 낮은 계단부터 높은 계단까지 늘어진
부동산 업자의 손끝,
반짝거리는 붉은색 달과
몇 개의 골목을 뺀 방을 보여준다
이 동네에선 주민의 수와 돌계단의 수가 일배수의 비율

잦은 이사를 가득 실은 트럭
비탈에도 흐르지 않는 날씨와 경사를 버티는 무릎의 연골
거대한 흡반에 맞는 부위를 챙겨 오른다
이곳의 뿌리는 모두 위쪽에 있어
길 또한 위로 자란다.
가늘고 질긴 것들이 서로의 모서리를 잡고 견딘다

달이 통째로 쏟아질 날은 언제일까
얼기설기한 길의 인력에 적응하는 얼마간
아내는 몇 번을 빈 몸으로 지나고
결국 어느 달도 몸에 담지 못하는 체류의 기간이었을 뿐
구부러진 각인을 따라
성낭聲囊을 부풀리는 어린 피붙이들의 환한 공명
관절에 달무리진 통증을 키우는 밤

휘청거리는 걸음이 달 속으로 들어간다

우리를 받아주는 지구는 없었다
밀물과 썰물이 달력의 막막한 경사만 들락거렸다

# 나의 경전에 무릎 꿇고 기도
# 치열한 문장으로 갚겠다

펑펑 내린 눈이 무릎까지 찾아온 밤, 잠들어 있는 방을 나선 소년. 무릎까지 쌓인 눈을 걷는 것보다 어둠이 더 무서웠지요. 마을에서 한참 떨어진 산 중턱 성당에 다다른 소년의 발과 무릎에 흰 눈이 가득 묻었고 등에서 뜨거운 김이 올라 하얀 날개를 달고 있는 듯했습니다. 무릎을 꿇은 소년은 손을 모아 내용도 형식도 없는 기도를 했었습니다. 그때의 그 소년이 지금 제 시의 모양일 것입니다.

한계점이 제 축이었던 시절. 부풀어오르기 전 먼저 허물어져 보라고, 소실점에서 기다려 보라고, 변곡점은 거기에 있다고 수없이 스스로 되뇐 나의 경전에 오늘 무릎을 굽힙니다.

내 시의 첫 독자이면서 가끔 무서운 사랑으로 A4용지를 찢어 버리는, 귀한 나의 아내에게 가장 깨끗한 영광을 돌립니다. 처음 나에게 시 쓰기로의 권유와 늘 곁에서 바른길을 들고 지켜봐 주시는 최성훈 선생님, 시를 켜놓고 밤을 새우고 있을 우리시詩 회원들과 이 기쁨을 나누고 싶습니다.

그리고. 오늘이 있기까지 따뜻한 냉정으로 지도해 주신 박해람 선생님, 가장 귀한 감사를 마음 숙여 올립니다. 하루하루의 공부가 참 즐거웠습니다. 치열한 문장으로 갚겠습니다.

또한 각각의 이름만으로도 두려운 경운서당 학우님들 모두에게 감사를 전하며 함께 수학할 수 있어 행복한 날들이었습니다.

끝으로 심사위원이신 이문재 선생님, 장석남 선생님 감사합니다. 부족한 첫 걸음이지만 선생님들의 선택에 누가 되지 않도록 정진하겠습니다. 그리고 중앙일보사와 앞으로 신세질 귀한 지면에 감사드립니다.

# 곱씹을 만한 잠언투의 시어
# 적막한 내면 짜임새 있게 표현

오병량 씨와 박현웅 씨가 최종적으로 남았다. 상상력의 진폭과 언어 구사의 활달성에서는 오병량 씨가 좋았다. 오래 시를 써온 흔적도 역력하다. 헌데 무언가 자기 정서가 확립되어 있다는 느낌이 없었다. 물론 신인에게 그 점을 갖추라는 주문은 무리겠으나 이번 응모작의 경우는 자꾸만 이즈음 회자되는 시들을 좌고우면한 흔적이 있어서 믿음이 덜했다.

가령 이런 구절들이 그렇다. "계절은 나무가 가진 옷장의 형태"(「나무의 취향」 중)나 "내 몸을 다녀간 들숨의 필체…" 운운의 구절 등은 울림 없는 기교에 머물러 안타까웠다. 「목도리 사용법」 같은 좋은 시를 다른 시가 뒷받침하지 못했다.

당선자가 된 박현웅 씨의 시는 그에 비해 문장과 감성이 안정되어 있다. 신인에게 안정되어 있다는 것은 장점만은 아니지만 다른 최종심에 오른 분들의 작품들이 발랄한, 하다못해 발칙한 감각의 소유자들이 대다수여서 외려 귀하게 여겨졌다. 당선작으로 고른 「사막」은 비록 소품이긴 하지만 우리 시대의 적막한 내면을 짜임새 있고 간결하게 표현한 수작이다. 「사막」은 실감으로는 우리에게 낯선 풍경일 수 있다. 그러나 그것이 우리 미래의 은유로 읽을 때 절실한 풍경으로 다가선다. "무서운 것은 포식자가 아니라/찾아야 할 작은 먹잇감이다" 같은 잠언투는 어눌하지만 곱씹을 만한다. 동봉한 다른 작품들도 모두 수준을 유지하고 있는데 자칫 전통 서정에 매몰되지 않도록 좀더 활달해지기를 권하고 싶다. 축하를 드리며 꽃밭 이루시길 바란다.

박은지 씨와 박유진 씨 등의 시도 읽을 만했는데 뭔가 비슷비슷하다.

개별적으로 보면 개성적인 듯한데 나란히 보면 비슷하다. 그게 뭘까 생각해보길 바란다.

　신인 문학상에 응모하는 것은 문청들에게 하나의 큰 축제라고 생각한다. 그것을 통해서 하나의 마디가 만들어지고 그 마디들이 쌓여 나중에 좋은 시인의 훈장이 될 터. 낙선의 고통도 자세히 들여다보면 환해질 것이다. 축하와 안타까움을 위하여! 한잔씩 하시길 바란다.

심사위원 : 이문재 · 장석남

# 신철규

1980년 거창 출생
고려대학교 국문과 및 동대학원 박사과정
2011년 조선일보 신춘문예 시 당선

12340158@hanmail.net

■조선일보/시
유빙流氷

# 유빙流氷

입김으로 뜨거운 음식을 식힐 수도 있고
누군가의 언 손을 녹일 수도 있다

눈물 속에 한 사람을 수몰시킬 수도 있고
눈물 한 방울이 그를 얼어붙게 할 수도 있다

당신은 시계 방향으로,
나는 시계 반대방향으로 커피잔을 젓는다
맞물린 톱니바퀴처럼 우리는 마지막까지 서로를 포기하지 못했다
점점, 단단한 눈뭉치가 되어갔다
입김과 눈물로 만든

유리창 너머에서 한 쌍의 연인이 서로에게 눈가루를 뿌리고 눈을
뭉쳐 던진다
양팔을 펴고 눈밭을 달린다

꽃다발 같은 회오리바람이 불어오고 백사장에 눈이 내린다
하늘로 날아오르는 하얀 모래알
우리는 나선을 그리며 비상한다

공중에 펄럭이는 돛
새하얀 커튼
해변의 물거품

시계탑에 총을 쏘고
손목시계를 구두 뒤축으로 으깨버린다고 해도
우리는
최초의 입맞춤으로 돌아갈 수 없다

나는 시계 방향으로
당신은 시계 반대방향으로
우리는 천천히 각자의 소용돌이 속으로
다른 속도로 떠내려가는 유빙처럼,

## 슬픔의 자전

지구 속은 눈물로 가득 차 있다

타워팰리스 근처 빈민촌에 사는 아이들의 인터뷰
반에서 유일하게 생일잔치에 초대받지 못한 아이는
지구만큼 슬펐다고 한다
케이크 모양의 타워팰리스 근처를 둘러싸고 있는 낮은 무허가 건
물들
초대받지 못한 자들의 식탁

그녀는 조심조심 사과를 깎는다
자전의 기울기만큼 사과를 기울인다 칼을 잡은 손에
힘을 준다
속살을 파고드는 칼날

아이는 텅 빈 접시에 먹고 싶은 음식의 이름을 하나씩 적는다

사과를 한 바퀴 돌릴 때마다 끊어질 듯 말 듯
떨리는 사과 껍질
눈물방울이 사과 속살에 떨어져 흔적도 없이 사라진다

혀끝에 눈물이 매달려 있다
그녀 속에서 얼마나 오래 굴렀기에 저렇게
둥글게 툭툭,
사과 속은 누렇게 변해가고

초대받지 못한 식탁의 모서리에 앉아 우리는 서로의 입 속에
사과 조각을 넣어준다
한입 베어 물자 입 안에 짠맛이 돈다

처음 자전을 시작한 행성처럼 우리는 멍멍했다

## 외곽으로 가는 택시

국경으로 가주세요.

비가 담벼락을 적신다 불 꺼진 상점들이
환해졌다가 더 어두워진다 소스라치게 놀라는 마네킹들
부러진 담배와 물에 젖은 라이터
아무 말도 없는 택시 기사의 뒤통수,
그 따스한 무관심
택시는 차선을 넘나든다 부러진 펜촉으로
젖은 손바닥에 쓴다

당신이 보낼 이국의 밤들에 대해
부어오르는 잇몸과 위장의 더부룩함에 대해
차내등을 끄고 차량기지로 돌아가는 버스에 대해
쉼 없이 쌍무지개를 그리는 와이퍼에 대해
물 위를 미끄러지는 바퀴에 대해
뜨거운 심장과 시린 발끝에 대해
나와 다른 시간에 잠들고 눈 뜰 당신에 대해

와이퍼가 계속 길을 지우고
맞은편에서 달려오는 전조등이 어두운

택시 안을 훑고 간다
기억의 방충망을 뚫고 들어온 나방 한 마리가 퍼덕거린다
검은 연기를 내며 타오르던 경찰버스
티베트 승려의 얼굴 위로 흘러내리던 검붉은 피
군사분계선 주위에서 살점을 쪼고 있는 까마귀들

가도 가도 국경은 멀기만 하다
당신의 국경과 나의 국경은 언제쯤 만날 수 있을까
얼마나 많은 검문소를 지나야 당신에게 닿을까

택시는 다시 등을 켜고
비에 젖고 있을 누군가를 향해 달려간다
구부러진 우산 속으로 비가 들이친다
와이셔츠 주머니에 푸른 꽃이 번진다

# 굴렁쇠 굴리는 아이

아이는 자신의 그림자를 보며 굴렁쇠를 굴린다 바람 빠진 바퀴 같은 해가 아이를 따라간다 아이의 얼굴은 붉다

아버지의 술심부름을 잊어버리고 점방 앞의 눈깔사탕을 한참 들여다본다 주머니 속 동전 짤랑거리는 소리

아이는 정자나무에 붙어 있는 온도계를 만지작거린다 온도계를 만질 수 있을 만큼 키가 자랐다

목을 조르듯 온도계 아래쪽을 엄지와 검지로 누르자 붉은 수은이 조금씩 올라간다 고장난 손목시계

굴렁쇠를 어깨에 걸치고 정자나무에 오른다 신작로에서 피어오르는 아지랑이를 바라본다

썩은 가지 속 둥지에 든 새알을 손에 넣고 천천히 주먹을 쥔다 두근두근 굴렁쇠 굴러가는 소리

주머니에 넣어온 생쌀을 조금 꺼내 씹는다 아이의 입이 부리처럼 뾰족해진다

가로등이 켜지자 아이는 그림자의 그물에 걸린다 움직일 때마다 늘어나는 그림자를 노려본다

　폴짝, 가는 목에 걸린 굴렁쇠가 출렁거린다 뒤로 물러섰던 그림자는 금세 아이에게 다시 달라붙는다 악착같이

# 꽃과 뼈

관을 불 속에 넣고 유족들은 식당에 간다
두 시간 남짓,
밥 먹고 차 마시기 적당한 시간이다

젖은 손수건을 내려놓고 목을 조였던 넥타이를 풀고
숟가락과 젓가락을 챙긴다
검붉은 선지를 입에 떠넣고 우물거린다

어쩌면 영혼은 흰 와이셔츠에 묻은 붉은 국물자국 같은 것
몇 번 헹궈내면 지워지고 마는

관에 불이 붙고 수의가 오그라든다
살갗이 벗겨지고 뼈가 드러난다
우리는 모두 타는 것과 타지 않는 것으로 분리된다

의자에 걸쳐놓은 영정사진이 웃고 있다

그의 손을 잡았을 때 나무껍질 바스러지는 소리가 났었다
붕대를 몇 겹이나 두른 배에 꽂아놓은 관으로
수액이 계속 흘러나왔다

그는 말라갔다 완전연소를 꿈꾸며

나는 봉지에 든 귤을 천천히 까먹었다
손톱이 아릴 때까지
얼굴이 노란 물풍선이 될 때까지

뼛가루를 뿌려 놓은 듯 하얀 벚꽃이 난만하다
목말 탄 아이가 팔을 허공에 젓는다 뭉텅 뭉텅,
구름이 지나간다

몸통이 찢긴 벌레를 이고 가는 개미의 행렬
앞산 공동묘지에는 화농 같은 봉분이 피어 있고

# 이무기는 잠들지 않는다

구야, 너그 아부지 너무 원망치 말거라, 가가 원래부터 저런 건 아니었제, 그때 그년 다리몽뎅이를 분질러서라도 붙들어 매었어야 했는디, 그년 찾아 댕긴다꼬 온 천지를 안 싸돌아 댕깄나, 그카더만 너나던 해부터 그만 집에 눌러앉더구나, 그래도 겨울만 되면

저래 천지를 모르고 눈도 안 뜨고, 내 지금도 그년 생각만 하면 속에서 천불이 인다 아이가, 한번 살아볼 끼라꼬 모진 데 가서 고생하는 놈을 팽개치고 무신 부귀영화를 누릴라꼬 그랬는지, 내 지금도 서울 쪽으로는 눈도 안 돌리제, 구야, 저 봐라, 앞산 능선을 타고 가는

은빛 갈치 같은 것 말이다, 저놈이 바로 이무기란 것이제, 응? 니 눈엔 안 보인다꼬? 이무기는 산 깊숙한 굴에 숨어 살다가 천 년에 한 번 하눌이 열리는 날, 여의주를 입에 물고 올라가 용이 되는 기라, 니캉 내캉 저 우에 올라갈 수 있으면 울매나 좋을꼬, 속이

뻥 뚫리것제, 근데 그놈이 올라가다 그만 여의주를 떨어트린 기라, 새끼 밴 것만 보면 놀래가, 그걸 찾을라꼬 저래 잠도 못 자고 천지간을 떠돌아댕기는 기라, 지난 여름 가뭄도 다 저놈이 강짜를 놓은 것이제, 뭐라꼬, 아직도 안 보인다꼬? 저래 환히 빛내면서 날아

가는 게 안 보인다 카이

　내사 모를 일이다, 하이고 무신 놈의 날이 이리 칩을꼬, 너그 아부
지 길바닥에 눕어가 얼어 죽으면 우짜노, 어여 가자, 어여, 구야, 근
데 이상타, 와 너그 아부지 발자국이 안 보이노, 새맬로 날개가 달리
서 하늘로 솟은 긴지 땅으로 꺼진 긴지, 귀신이 곡할 노릇이제, 참말
로 귀신이 곡할 노릇이라

# 제자리에 머물고 있던 저를
# 독려해주신 모든 분께 감사

나의 상처가 타인에게 상처를 줄 수 있는 면죄부가 되지는 않는다. 우리는 상처받지 않기 위해 타인에게 상처를 주지만, 그렇다고 해서 자신의 상처가 지워지지는 않는다. 우리가 증오해야 할 대상은 상처받은 사람도, 상처받지 않은 사람도 아니다. 지금도 여전히 자신의 상처를 지우기 위해 타인을 벼랑 끝으로 내모는 자들이다.

타인은 언제나 나의 시야에서 멀어진다. 나를 타인의 자리에 놓지 않을 때, 타인의 눈빛과 목소리에 집중하지 않을 때, '소통'은 거짓과 위선이 될 수밖에 없다. 자신의 결핍을 받아들이고 자신을 조금씩 버리는 것이 용기라고 생각한다. 나의 구원만큼 타인의 구원도 중요함을 깨닫는 것이 사랑이라고 생각한다. 내가 바라보는 현실이 세계의 전부가 아니라고 생각하는 '위대한 거절'을 실천할 수 있을 때, 비로소 우리는 아이에서 진정한 어른이 된다. 그러나, "언제나 아이처럼 울 것."

더디게 쓰더라도 그만두지는 않겠다. 시 한 편과 한 편 사이에 열 길 낭떠러지가 있음을 잊지 않겠다.

한 줌의 시를 건져 올려 주신 문정희, 정호승 선생님께 감사드립니다. 제자리에 머물고 있던 저를 독려해주신 최동호 선생님과 선후배님, 동학들께 감사드립니다. 화요팀 선생님과 문우들 때문에 여기까지 왔습니다. 가족들, 친지들, 친구들 덕분에 살고 있습니다. 멀리 계신 스승들과 가까이 있는 지인들에게 기쁜 소식이 되었으면 합니다. 내 시의 시작이자 끝인 할머니, 오래 사세요. 은영아, 사랑해.

# 인간의 비극적 관계를 미세하게
# 통찰하는 눈 돋보여

　신춘문예 투고 시는 한국 현대시의 미래를 밝히는 작품이어야 한다. 그러나 그러한 작품을 찾긴 힘들었다. 최종심에 남은 작품은 임여기의 「면접관」, 정승기의 「실종」, 이재흔의 「스파이더맨의 후예」, 이도은의 「아주 식물적인 꿈」, 신철규의 「유빙」 등 5편이었다. 「면접관」은 면접관과 면접인 간의 관계 대립을 긴장되고 설득력 있게 고조시켜 나갔으나 결구 부분이 너무 안이했다. 「스파이더맨의 후예」는 고층빌딩 유리창을 닦는 삶의 현장을 선명하게 나타냈으나 "제각기 다른 일상의 벼랑 끝에서 한 번씩은 실족했던 사연들이" 같은 표현이 산문적이고 진부했다. 「실종」 또한 현대인의 실종의식을 진지하게 추구한 작품이었으나 전체적으로 산문의 옷을 입고 있다는 점이, 「아주 식물적인 꿈」은 식물적인 꿈과 연결된 우리 삶의 구체적 양상이 불명확하다는 점이 단점으로 지적돼 결국 당선작은 「유빙」으로 결정되었다. 「유빙」에는 인간의 비극적 관계를 미세하게 통찰하는 개성적인 눈이 있다. 현대사회의 개체적 삶을 "각자의 소용돌이 속으로/ 다른 속도로 떠내려가는 유빙"에 은유한 점은 높이 살 만하다. 시 본래의 내재적 리듬감을 살려 유연한 속도감을 느끼게 함으로써 신인다운 내면적 사고의 흐름도 알 수 있게 한다. 무엇보다도 과장된 이미지나 허장성세가 없고 기성의 어떤 억지스러운 틀에 갇혀 있지 않아 자유분방하다. 한국시단의 대들보가 되길 바란다.

심사위원 : 문정희 · 정호승

# 정창준

1974년 울산 출생
울산대학교 국어국문학과 졸업
현재 대현고등학교 교사로 재직

1994년 울산대 문예공모 시부문 당선
1999년 동아문학상 시부문 당선
2011년 경향신문 신춘문예 시 당선

panana74@naver.com

■경향신문/시
아버지의 발화점

# 아버지의 발화점

바람은 언제나 삶의 가장 허름한 부위를 파고들었고 그래서 우리의 세입은 더 부끄러웠다. 종일 담배 냄새를 묻히고 돌아다니다 귀가한 아버지의 몸에서 기름 냄새가 났다. 여름 밤의 잠은 퉁퉁 불은 소면처럼 툭툭 끊어졌고 물묻은 몸은 울음의 부피만 서서히 불리고 있었다.

올해도 김장을 해야 할까. 학교를 그만둘 생각이에요. 배추값이 오를 것 같은데. 대학이 다는 아니잖아요. 편의점 아르바이트라도 하면 생계는 문제 없을 거예요. 그나저나 갈 곳이 있을지 모르겠다. 제길, 두통약은 도대체 어디 있는 거야.

남루함이 죄였다. 아름답게 태어나지 못한 것, 아름답게 성형하지 못한 것이 죄였다. 이미 골목은 불안한 공기로 구석구석이 짓이겨져 있었다. 우리들의 창백한 목소리는 이미 결박당해 빠져나갈 수 없었다. 낮은 곳에 있던 자가 망루에 오를 때는 낮은 곳마저 빼앗겼을 때다.

우리의 집은 거미집보다 더 가늘고 위태로워요. 거미집도 때가 되면 바람에 헐리지 않니. 그래요. 거미 역시 동의한 적이 없지요. 차라리 무거워도 달팽이처럼 이고 다닐 수 있는 집이 있었으면, 아니

집이란 것이 아예 없었으면. 우리의 아파트는 도대체 어디에 있는 걸까. 고층 아파트는 떨어질 때나 유용한 거예요. 그나저나 누가 이처럼 쉽게 헐려 버릴 집을 지은 걸까요.

  알아요. 저 모든 것들은 우리를 소각燒却하고 밀어내기 위한 거라는 걸. 네 아버지는 아닐 거다. 네 아버지의 젖은 몸이 탈 수는 없을 테니. 네 아버지는 한 번도 타오른 적이 없다. 어머니, 아버지는 횃불처럼 기름에 스스로를 적시며 살아오셨던 거예요. 아, 휘발성揮發性의 아버지, 집을 지키기 위한 단 한 번의 발화發火.


  * 조세희 작 「난쟁이가 쏘아올린 작은 공」의 화법을 인용함.

# 야음 1동

재개발예정지 야음 1동, 철거만 이루어지고 재개발의 소식은 끊어진 동네, 철거결사반대라고 씌어진 담장 아래 듬성듬성 털 빠진 개 한 마리 철근처럼 삐져나와 어슬렁거린다. 그리고 늙은 여자, 앞섶이 풀어헤쳐진 채 늘어진 가슴을 무릎에 대고 부채질하는 여자,

남의 남자 마음 훔치는 것이, 토끼풀처럼 여미고 싶던 처녀 순결 뺏은 것보다 죄가 크긴 큰 것이제. 내 집 한 칸, 내 지아비 하나 가질 수 없었던 여자, 이제는 늙은 여자.

평생 내 집에 산 적이 없어. 내 서방도 없었제. 늙어빠져 냄새나는 남의 사내만 나를 사랑했으니 내 것이 남을 리가 없제.

주위의 집들 하나 둘 비워지고 주인집마저 보증금 쥐어주고 떠난 후에야 비로소 내 집 하나 갖게 된 여자, 늙은 년이 뭐이 겁나. 비워진 집들 문짝이 바람에 흐느끼는 소리, 빈 집을 뒤지는 떠돌이들의 술취한 소리가 귀뚜라미 소리보다 더 크게 울리는 재개발예정지. 자식새끼 있어봐야 짐이라지만 평생에 그 꼬물거리는 어린것 한 번쯤은 품어보고 싶었던 여자, 자궁이 철거되기 전 어린 생명 하나 품어보고 싶었던 여자.

누구든 덮어줬으면, 이대로 자던 잠결에 갈 곳 없는 내 몸뚱이 위로 고래등 같은 아파트 한 채 덜컥 올라앉았으면, 그리고 그 안에 어린것들 뛰어놀았으면 하고, 하루하루 살아가는 여자.

# 일기日氣의 사회학

어머니, 바람은 먼 곳에서 건조한 몸을 이끌고 왔습니다. 뉴스에 의하면 중국 남서부에서 시작되었다는군요. 저는 잠시 바람의 여정을 그려 봅니다. 멀고 아득한, 어쩌면 고단할 때는 슬쩍 열차에 몸을 실었는지도 모르겠습니다. 어쨌든 그들은 투명하고 보이지 않으며 그래서 운임비 따위는 부과되지 않을 테니까요. 그들이 묻히고 온 누런 먼지는 어쩐지 해묵은 이불솜과 닮았습니다. 탈색할 수 없는 이불솜, 어머니는 매년 겨울이 가기 전 안방에 길게 깔린 겨울 이불을 뜯어냈습니다. 아, 화려한 겉호청을 벗은 이불솜처럼 누추한 것이 있을까요. 햇볕에 드러난 누런 땀자국에서는 가난이 불쑥 고개를 내밀 것 같았습니다. 밑창이 뜯어진 운동화를 뚫고 나온 발가락처럼 남루한 얼굴로. 햇볕에 말라 바삭바삭 소리가 들리는 이불솜을 걷어내 긴 겨울밤 어머니는 오랫동안 바느질을 했습니다. 긴 밤이었습니다. 사우디 간 아버지가 생각나는 긴 밤이었습니다. 아버지는 모래언덕을 배경으로 썬글라스를 쓴 채 미간을 찡그리고 있었습니다. 어머니, 겨울 이불처럼, 무겁고 건조한 황사가 지금 이 도시를 뒤덮고 있습니다.

이불솜을 널며 어머니는 끄응하는 신음소리를 냈습니다. 어린 저는, 어쩌면, 끄응하는 신음소리를 내고 싶어 이불솜을 너는 것이라는 생각을 왜 못했을까요. 그리고 햇볕에 말리고 싶은 것이 이불솜만이 아니라는 걸 저는 왜 그때 몰랐을까요.

# 겨우살이
— 고故 박지연*에 대하여


아파서 석남사石南寺 가는 길, 죽음을 아득하게 쓸어내리며 가는 길, 줄지어 늘어선 침엽수들이 저들끼리 손을 부비며 보듬어 주던 길, 하늘은 높아 딛고 선 길이 더 까마득히 내려앉던 길, 나는 보았다. 곧게 뻗은 참나무의 어깻죽지에 걸터앉은 위태로운 삶, 허공에 몸을 기대고 바람을 비껴내는 악다구니의 삶을.

겨우살이. 겨울을 견뎌내는 삶 혹은 겨우겨우 살아가는 삶. 뿌리를 가져본 적이 없는 너는 최저생계비에 의탁해 기생寄生하는 삶, 그러나 스스로 햇빛 머금어 생계를 꾸려 나가고 제 몸 부풀릴 줄 아는 삶. 기대어 살아가되 존재를 잃지 않는 삶. 햇빛 제 것인 양 꿍쳐두는 대신 투명하게 드러내고 나눌 줄 아는 삶. 마른 햇빛에 제 열매 툭툭 떨구어줄 줄 아는 삶. 낮은 곳의 삶을 높은 곳에서 일굴 줄 아는 삶.

백혈병 같은 물을 내려, 23살의 여공 같은 창백한 물을 내려, 우긋하게 스며드는 한 잔의 차를 위안처럼 마시고 돌아서는 길. 그리고, 나는 보았다. 참나무 가지가 아슬아슬한 겨우살이 온 힘으로 받치고 있는 것을. 건강한 숲은 어떻게 서로를 배려하는지를.

* 삼성반도체 충남 온양공장에서 일하다 백혈병을 얻어 투병하다가 백혈병 발병 진단 3년 만에 23세의 나이로 사망한 노동자.

# 겨울 삽화揷畵 2

스승은 오랫동안 병중病中이었다
사나운 여름이 지나가자 병석을 털고 일어나
행동하지 않는 고민을 종용慫慂했고
말끝에선 백묵이 뚝뚝 부러져 나뒹굴었다
몸 밖에선 언제나 불길한 소식만이 들려왔다
딱딱해진 몸을 고장난 라디오 배터리처럼
의자에 묶어두고, 수신불능의, 우리는
몇 줄의 구인란에 밑줄을 그어댔다
늙은 교수의 낮고 우울한 음장音長만이
생활고처럼 오래 귓속을 맴돌았으며
창틈을 후비고 들어온 바람에
잔털들이 툭툭 부러져
옷 안에서 싸르륵 쓸려나가곤 했다
뿌연 미세기창이 보여주는 질 나쁜 화면 속으로
금방이라도 울음이 터질 듯한 얼굴로
마스카라를 칠하는 여자들과
하나같이 길고 두터운 외투를 걸친
늙고 지친 얼굴의 사내들이
느릿느릿 롱테이크로 잡히고 있었다
햇살은 비췄으나 따뜻하지 않았으며, 우리는

기성복 같은 그림자를 낮 내내 끌고 다녔다
물가지수와 스커트는 이미 상종가를 기록했고
밤이면 어둡고 후미진 골목 끝에서
겨울은 어린 여자들의 몸을 빌어
고아를 낳고, 혹독한 삶을 유전시켰다.

# 장생포*에서


우리의 죄는 몸이었다 한다. 적어도 이 바다로 걸어 들어오기 전까지는. 역발산力拔山의 힘으로 들판을 내리 눌렀지만 제 몸조차 어찌할 수 없었던 조상들은 결국 중력重力 대신 부력浮力을 선택했다. 몸이 곧 짐이었던 우리가 뭍을 벗어난 것은 금방 울다 그친 듯한 달이 뜬 밤이었다 한다. 이주移住의 행렬은 길었고 작은 들짐승들이 수풀 속에서 순한 눈을 끔벅거리며 식솔뿐인 행렬을 배웅해 주었고, 이름 없는 풀들조차 여윈 허리를 틀어 길을 터 주었다고 한다. 바다는 조용히 가슴을 풀어헤친 채 아늑하고 고요한 늑골 사이로 그들을 받아주었고, 긴 행렬이 끝난 후에는 젖은 손길을 저어 조심조심 육지의 마지막 발자국을 지워 주었다고 한다.


— 다시 가도 될지 몰라. 실향失鄕의 기억만 유품으로 간직한 채, 포유哺乳의 땅으로. 그곳에는 야생동물보호구역과 치어稚魚 방류장도 있다지만 수렵狩獵과 미식美食을 즐기는 풍습도 있다는데. 그곳의 중력은 오직 죽은 자에게만 너그러운 것이라는데.


내 울음은 유전이다. 느리고 아득한 울음, 흔들리던 물결이 가만가만 귀 기울이는 울음, 맨살이 일어난 거친 손바닥으로 쓸어내려주고 싶은 울음, 조상의 내력과 함께 구비전승口碑傳承된 울음. 어미가 기름진 수유授乳 끝에 두런두런 들려주던 먼 뭍의 이야기, 천리千里

를 넘어 향기를 전해 준다는 바람과, 해와 달이 오랜 세월 교접해 낳았다는 별들의 신화를 따라 우리들의 잠은 언제나 육지에 닿아, 초식동물의 얕은 잠을 닮아, 보름달이 바닷물을 바투 끌어당기는 밤, 늙은 아비의 임종에 선잠에서 깬 우리는 두 팔을 저으며 만장輓章을 올리는 대신 일제히 분기噴氣하며 먼 해안선을 따라 낯설어서 더욱 서러운 장지葬地로 간다.

* 장생포 : 울산에 있는 장생포구는 포경(捕鯨)의 근거지로 유명했으나 현재는 고래
  박물관을 비롯한 고래 관광으로 명맥을 이어가고 있음.

# 더 나은 세상을 만드는 견문록이 되기를

개인적인 기쁨의 말은 누군가에 대한 배려 없음, 혹은 무례함일 수 있으므로 생략하겠다.

정확히 1년 전 경향신문 신춘문예 최종심에 오른 네 명 중 한 명이었던 내 작품의 낙선 이유는 "당선작 한 편을 내기에는 장력이 약하고 제 것이 없어 보인다"였다. 지나온 1년은 이 짧은 문장의 의미를 스스로에게 추궁하는 치밀한 수사搜査의 시간이었다. 나는 가혹한 수사관이었고 동시에 심약한 용의자였으며 숨막히는 이 시대의 공기는 배후背後였고 내 말은 쉽게 세상과 살을 섞지 못했다. 당선에 굳이 이유를 대자면 그 때문이다.

어쨌든 이 세상은 나보다 오래되었으므로 훨씬 교활하다. 교활한 것들은 스스로를 감추는 데 능하며 어느 순간 우리는 이미 설복당한 자신의 모습에 놀라곤 한다. 그러나 나는 영악한 목격자가 되어 이 교활함을 또박또박 기록하고 새겨둘 것이다. 내 기록이 더 나은 세상을 만드는 견문록이 될 것임을 믿기 때문이다. 조금은 더 추워져도 좋을 듯하다.

오랜 기다림에 기꺼이 손을 내밀어 주신 두 분 심사위원 이시영, 황인숙 선생님 감사합니다. 기억 속에서 제 이름을 꺼내어 호명해 주시는 모든 분들 감사합니다. 내 정서의 뿌리인 부모님과 장인 · 장모님, 사랑하는 두 아들 윤오 · 지오에게 기쁨을 전한다. 그리고 문학을 생활의 뒷전으로 밀어두고 살던 무렵 용기의 한 마디를 주신 최학출 선생님 고맙습니다. 내 문학의 줄기를 만든 '세리을'과 울산대학교 열린시모임 '창작', 언제나 따뜻하고 올바른 '한차모임' 선생님들, 오랜 친구이자 가혹한 독자인 형완·규태, 내 문학의 노비문서를 쥐고 있는 후배 박정희, 양근애 군, 마지막으로 선영이라는 가장 흔한 이름 중 하나를 달고 나만의 여자로 살아가고 있는 내 아내 김선영과 세상의 수많은 선영들, 그리고 불우한 시대를 힘껏 견뎌내고 있는 많은 분들께 조심스레 희망을 전하고 싶다.

# 실종된 현실인식의 발견… 뭉클하다

스무 분이 겨룬 이번 본심에서는 현실사회에 대한 관심이 반영된 시편들이 많이 눈에 띄었다. 특히 보수 정부가 들어선 뒤 일상화한 사회경제적 위기의식이 예비시인들의 마음 밑바닥에 고이면서, 불안을 나누고 싶은, 나아가 희망을 찾고 싶은 연대의식, 소통 욕구가 발현된 것일 수도 있겠다.

최종심에 정창준(「아버지의 발화점」 외 4편), 김유미(「삼거리식당 지나 명랑슈퍼」 외 4편), 김영진(「도끼발」 외 4편), 류성훈(「밤의 도플러」 외 4편), 한주연(「슬리퍼를 밟는 순간」 외 4편) 이 다섯 분의 시가 올랐다.

김유미의 시편들은 글 다루는 솜씨, 이야기를 꾸미는 솜씨가 돋보인다. 유머러스하기도 하다. 그런데 특별히 새롭지가 않고 고만고만하다. 「고백」은 김유미의 장점이 생기있게 모인 시다. 다른 시들과 「고백」은 백지 한 장 차이지만, 그 백지는 얼마나 두꺼운가? 한주연의 「슬리퍼를 밟는 순간」은 슬픈 얘기를 담담하게 그려 독자로 하여금 고즈넉이 귀 기울이게 한다. 잔잔한 매력이 있는 자기만의 화법이다. 류성훈은 시적인 순간을 발견하는 능력이 빼어나다. 그런데 그 시적인 순간을 자기화하지 못한다. 늘 최종심에 오르지만 결국엔 내려놓게 되는 시들이 있다. 언뜻 아주 시적이나 공허하고 생명감이 없는 시들. 경험이 내재화돼 있지 않은, 육체가 없는 시들.

김영진의 시들은 '새만금'이나 대학생들의 취직 문제, 세습되는 가난 등 오늘의 현실을 그리고 있다. 소재도 주제의식도 상상력도, 다 좋다. 그런데 목적의식이랄지 의욕이 지나친 나머지 작위적이고 과장된 표현이 끼어 있어 시가 덜그럭거린다.

　정창준을 당선자로 내세우게 돼 뿌듯하다. 응모한 다섯 편의 시 가운데 어느 작품 하나 모자람이 없지만, 제일 앞장에 놓은 「아버지의 발화점」을 당선시로 올린다. 정창준의 시들은 우선 신선하다. 우리 시단에서 꽤 오래 실종됐던 현실인식이나 생활감각을 가진 시를 보게 된 것도 반갑지만, 그 사회적 상상력을 드러내는 발성이 새롭고 독창적이어서 더 반갑다. 정창준의 시들은 감동적이다. 뭉클하다. 심금을 울린다.

심사위원 : 이시영 · 황인숙

# 홍문숙

1958년 경기 용인에서 태어나 수원에서 성장
2009년 계간 차령문학 등단 및 편집위원
현재 석수서예, 평택시립도서관 등에서 한문학 강사로 활동
2009년 시집 『눈물의 지름길은 양파다』 출간
2011년 세계일보 신춘문예 시 당선

hong-ms7@hanmail.net

■세계일보/시
파밭

## 파밭

비가 내리는 파밭은 침침하다
제 한 몸 가려줄 잎들이 없으니 오후 내내 어둡다
다만
제 줄기 어딘가에 접혀 있던 손톱자국 같은 권태가
힘껏 부풀어오르며 꼿꼿하게 서는 기척만이 있을 뿐,
비가 내리는 파밭은 어리석다
세상의 어떤 호들갑이 파밭에 들러
오후의 비를 밝히겠는가
그러나 나는 파밭이 좋다
봄이 갈 때까지 못다 미행한 나비의 길을 묻는 일은
파밭에서 용서받기에 편한 때문이다
어머니도 젊어 한 시절
그곳에서 당신의 시집살이를 용서해주곤 했단다
그러므로 발톱 속부터 생긴 서러움들도 이곳으로 와야 한다
방구석의 우울일랑은 양말처럼 벗어놓고서
하얗고 미지근한 체온만 옮기며 나비처럼 걸어와도 좋을,
나는 텃밭에서 어머니의 어머니가 그러했듯
한줌의 파를 오래도록 다듬고는
천천히 밭고랑을 빠져나온다

# 나비

어느 허공을 허물면서 온 것일까
가까운 곳의 잎들이 꿈을 꾸기 시작하고
나비의 행방이 연둣빛으로 변하는 이 알 수 없는 느낌
오래 전 사람 하나가
접혀 있던 몸 안으로부터 한순간 모로 돌아눕고
나는 정지된다
어제 읽은 서책의 페이지가 날개처럼 열릴 때
그래, 길이란 나비로부터
또다른 몸 안으로 돌아가는 쓸쓸한 유배 같은 것
세상의 모든 하루가 금지된 행방이기 때문이고
저묾이 서녘 하늘을 물들이는 서러움 때문이다
나비가 날아온다
내 폐허의 고요를 깨우며
어느 나른한 오후 나비 한 마리 너울너울 건너왔고
나는 서둘러 오랫동안 밀쳐놓았던 장자를 꺼내어
잠언의 날들을 읽어가기 시작했다

# 탈고되지 않을 은유

짠기 잃은 잠언들이 바닷가로 모여든다
오랜 세월 기억의 모퉁이
허름한 날들을 보낸 사연들이
햇살 사나운 때를 골라 태양의 경전 속으로 발을 들여놓는다
지상의 한켠이 불의 힘살에 잔뜩 웅크려지고
근시안의 내면이 붉은 설교에 몸을 맡기고 있는,
노인은 말이 없다
자신이 걸어온 길이 수차에 둘둘 감기는 걸 무심히 받아낼 뿐
긴 세월 자신의 얼굴을 주름으로 밀고 왔던 바다에게도
넋두리 한 방울 흘리지 않는다
오직 비워낼 거라곤 태양의 잠언밖에 없는 듯
몸 속을 가로질러 불의 날들 속으로 사라지는 머나먼 관습
누군가는 화석이 될 집착이라 했고
누군가는 재가 될 허망의 환영이라 했다
그럴 때마다 존안에 빠진 구름들
그의 눈빛을 독수리처럼 움푹 파먹곤 사라졌지만
망각이란 바다를 제물로 바치는 낡은 상인들의 규범 같은 것,
그래, 내가 여기에 있는 건 태양의 설교를 지상 한켠 불의 미사로
바꾸는 일
그 망각의 어느쯤에선가 몇 방울의 잔해로 드러날

내 안 불치의 잠언들을 창고 속에 가두는 일
　　한동안 멈춰 있던 바다가 다시금 수차를 돌리기 시작했고
　　노인 하나 탈고되지 않을 풍경의 바깥으로 천천히 잊혀지고 있었
다

## 바람의 안

뒤뜰 한켠 감잎들이 푸르다
웃자란 계절이 되면 가을을 훔치려는 것들
저처럼 분주하다
바람의 묵직한 발자국이 이곳저곳 찍힌다
길게 내려왔던 햇살 몇 올 지상의 심증을 더듬는 사이
나는 호흡의 넓은 잎들이
가슴 속에서 수런거리는 걸 애써 참아내며
생각의 가장자리를 서성인다
지나간 날들은 새도 물어가지 않는다
중력을 잃은 세월만이 열매 하나씩 뒤집어쓰고서
뭔가 금방이라도 입이 막힐 듯 중얼거리고 있는 한때,
그 사이로 중력들
산책들이 어딘가의 푸른 신호에라도 화상을 입은 듯
낙인이 찍히고
이곳의 시간들, 다시는 돌아오지 못할 약속이라도 배운 듯
수런대기 시작했다
우기가 찾아오기 전 모든 바람들은 힘겹다
그러나 이곳에선 어떤 구름들도 쉽사리
마른 삭정이의 끝에서 비가 되지 못하고
모든 것들은 감나무에 이르기 전 참아야 한다

다만 푸름의 긴 표식만이 바람의 묵상에 밑줄을 긋는 오후
칠월의 안쪽으로 더딘 호흡을 내딛는다

# 방금 떨어진 낙엽은 바람의 예언豫言이다

계절이 지나치고 나는 말라가고 있었다
전봇대 속 가난한 이웃들의 크고 작은 체온들이
오후 햇살에 너덜거리는 길모퉁이에서
문득, 바람이 낙엽들의 들것이 아닌
가을의 예언이었음을 느낀 건 내 귀가 작아졌기 때문일까
작은 슈퍼를 빠져나온 한 여인이
목덜미 깃을 움츠리며 길을 건넌다
철 지난 묵시록 같은 신호등 밑을 가로질러
반지하가 있던 연립주택 쪽으로,
모든 바람은 가을에 이르러 예언이 된다
더는 머물 수 없는 것,
높은 곳의 질서를 지상 가까이 수런거리던 것,
낙엽들의 못다한 생애라도 담아내듯 바람의 예언을 붉게 들쓴다
제 몸을 태우며
바람의 한정된 분량만 웅웅거리는 저 오래된 예언들
계절이 지나치고 있어 내가 말라가고 있던 게 아니었다
길 건너 반지하의 습기 찬 묵시록이 있어 내가 낙엽을 들춘 게 아
니다
세상은 오늘도 비좁은 햇살만 갖고 몸을 녹일 줄 안다
막간의 틈을 비집으며 저묾이 끼어들었고

주위엔 또다른 바람의 예언을 찾는지
낙엽들 몇 누군가 켠 손아귀 담뱃불 속으로
지상의 따뜻한 예언 하나 감싸주듯 빠르게 작아지고 있었다

# 프렉탈

물방울 속엔 수많은 바다들이 들어차 있다
어떤 바다가 물방울을 피해 산으로 도망을 쳤겠는가
바다들의 집은 물방울이다
물방울에 창을 내고 문지방을 내고 안마당을 내고서야
조금씩 잠잠해지는 바다
나는 매일 밤 꿈을 꾼다 물방울들을 꾼다
깊고 견고한 내부에서 시도때도 없이 소금을 줍고
현관의 방석만 한 심연을 깨끗이 털어낸다
똑똑똑, 끊임없이 바다를 낳는 물방울의 집
나는 오늘도 내 안의 물방울이 바다에 이르는 법칙을 배운다
하나의 내가 또 하나의 나로 돌아가는
무수한 길들을 낳는다
그 시간이 열어주는 만큼만 휴식을 담아
하루치의 물방울을 모아들일 뿐
조금도 찾아낼 수 없는 바다의 행방,
방금 전 가득 담은 바다를 베란다로 들고 가
화분 몇 촉촉하게 깨운다

# 은유의 텃밭에서 세월과 만나다

아버지는 인문학자시다. 그분이 읽던 흑백의 서책들은 이제 나비 한 마리 꿈꿀 수 없지만 아버님은 가끔씩 내 삶의 철자법이 맞지 않을 때에도 설핏 숨어들기에 좋은 내 인문학의 서책이셨으며 따뜻한 은신처였다.

그런 의미로 보자면 내 문학의 시원은 아버지로부터의 어쩔 수 없는 유산일 것이며 유산이란 때로 세월의 미시성을 강의 깊이로 흐르다가 문득 마주치는 어머니와도 같은 것. 그리고 나에겐 내 필생의 힘으로도 낳을 수 없는 어머니라는 의미와 인연의 텃밭, 그 대신 신생의 어머니를 만나는 세월의 대가가 곧 나비였으리라.

권태가 욱신거릴 때마다 텃밭을 찾곤 했다. 그럴 때마다 한 사나이는 내 권태의 목록과 관계없는 도시 저쪽의 서류철을 뒤적이거나 어느 소인국의 작은 병정처럼 돌아오곤 했다.

나비가 우화를 꿈꾸는 건 오후의 우울을 낳기 위함이지, 젖은 소낙비가 파줄기의 어느쯤을 똑똑 부러뜨리기도 하는 그 놀랍고 목이 긴 은유 속을 낮은 금속질의 열쇠로 딸깍, 열어주던 한 아이 그 속에서 올 겨울엔 아들 정환이와 오월이 되어 은신시킬 새로운 파씨들을 골라보는 일……

내 문학의 항해가 검은 돛배일 때마다 은밀한 등대가 돼주신 박경원 선생님과 차령문학 그리고 시내에서 십분 거리의 내 귀가길을 동행해준 몇십 년 동안의 평택 방축리행 시내버스에게도 겸손한 감사를 전합니다. 또한 저에게 큰 기회를 주신 유종호 신경림 심사위원님과 세계일보사에 감사드리며 더 깊은 문학의 길로 정진하도록 노력하겠습니다.

# 경직돼 있지 않고 자연스럽고 신선

예년에 비해 수준이 떨어지는 것은 아니었지만, 눈에 확 띄는 작품은 없었다. 오늘의 한국시가 갇혀 있는 프레임을 과감하게 깨트리는 작품을 찾을 수 없어 못내 아쉬웠다. 그러나 저도 모르고 남도 모르는 소리를 중언부언하는 시는 눈에 띄게 줄었다. 아주 뛰어난 작품은 많지 않으면서도 당선작이 되어도 손색이 없을 작품은 적지 않아 선자들은 마음을 놓았다.

특히 다음 네 분의 시가 처음부터 주목을 받았다. 홍문숙의 「파밭」 등은 시를 쓴다는 경직된 포즈가 안 보이면서, 자연스럽고 신선하게 읽혔다. 속도감도 있는 데다 요즘의 유행과도 한 발 떨어져 있는 것도 미덕이었다. 그러나 투고한 작품들의 편차가 심해 쉽게 신뢰감이 가지 않았다.

종정순의 「개나리는 왜」 등은 기지도 있어 보이고, 밝고 환한 분위기의 시여서 심사자들을 즐겁게 해주었다. 우리 시가 가진 청승과 궁상이 없는 것도 호감을 주었다. 하지만 그의 「화문석」 「현대방앗간」 같은 산문투의 시들은 시의 맛을 반감시킨다.

유명순의 시 중에서는 「내통」이 가장 뛰어났다. 부부간의 관계, 나아가 사람과 사람의 관계를 보는 시각이 자못 설득력이 있다. 한데 시들이 전체적으로 숨통을 조일 듯 답답한 것이 흠이다. 게다가 '뫼비우스의 띠' 같은 흔해빠진 이미지가 일부 그의 시를 상투적인 것으로 보이게 만든다.

최인숙의 시들은 모두 일정한 수준을 유지하고 있는 데다 표현도 큰 무리가 없고 자연스러웠다. 한데 어쩐지 시창작 교실의 냄새를 떨쳐버리지 못하고 있다. 물론 시는 쓰는 것이지 쓰여지는 것은 아니지만, 시를 위한 시가 가지는 감동은 한계가 있는 것 같다.

　이상 네 사람의 시를 놓고 많이 얘기한 끝에 결국 홍문숙의 「파밭」을 당선작으로 뽑는 데 심사위원은 합의했다.

　　　　　　　　　　　　　　　　심사위원 : 유종호 · 신경림

시조

# 고은희

1961년 경북 군위 출생
2010년 경기대학교 문예창작학과 국어국문학과 4학년
2010년 1월 중앙시조백일장 차상
2011년 동아일보 · 부산일보 신춘문예 시조 당선

sajebul2@hanmail.net

■동아일보/시조
쉿!

# 쉿!

아득한 하늘을

날아온 새 한 마리

감나무 놀랠까봐 사뿐하게 내려앉자

노을이 하루의 끝을 말아 쥐고 번져간다

욕망이 부풀수록 생은 더욱 무거워져

한 알 홍시 붉디붉게 울음을 터트릴 듯

한쪽 눈 질끈 감고서 가지 끝에 떨리고

쉬잇! 쉬 잠 못 드는 바람을 잠재우려

오래 전 친구처럼 깃털 펼쳐 허공 감싼다

무너져 내리고 싶은

맨발이 울컥,

따뜻하다

# 응골라이* 사람들

때로는 사막에도 눈꽃 활짝 필 때 있다

깜깜 부지 삶이 아린 응골라이 마을에선

폐기된 터알 일구는 손가락이 뜨겁다

온몸 겹겹 사막을 끌고 엉너리치는 사람들

속엣것 다 내주고 말라붙은 바다 밀고

따가운 햇살이 씻은 싸락눈꽃 피워낸다

설핏한 얼굴 하나 젖은 손 흔드는데

짠 내 찌든 바람만 바가지에 그득하고

숨겨도 보이는 가난이 새까맣게 웃는다

이끼 낀 세월 저편 아버지가 그랬듯이

돌아보는 머리 위로, 어깨 툭 치는 눈빛

사는 일 맨발이라도 별을 닮아 저리 맑은가

* 세네갈 까올락주(州) 응골라이 마을은 내륙의 바닷물 호수였던 곳이 기후 변화로
  호수가 말라붙어 소금밭이 되었다. 사막 한가운데 흰눈이 소복하게 내린 듯하다.

# 바오밥나무

하늘로 솟은 뿌리

그는 늘 물구나무섰다

장승처럼

성자처럼

삼천 년 바오밥나무

얼마나 많은 죽음을

홀로 품어 견디는가


몸으로 세월을 안고

그는 늘 거기 있었다

웃는 듯

우는 듯

흔들리면서 속정 든 동행

이따금 사자후하는지

환해지는 나무南無부처

# 미스터 피아노

눈이 오고 비가 와도 웅크린 채 늙어간다
봄날 하루 할아버지와 손자가 몰고 가는
또 한 해 살아낸 흔적
횡단보도 피아노

이제 막 피어나는 꽃잎 같은 손을 들고
고 작은 겨드랑이 봄잠을 털어낼 때
차들도 눈을 껌벅이며
스타카토 멈춰 본다

화들짝 목련나무 저만치서 움찔하고
폐타이어 화단 속에 팬지꽃도 웅성웅성
신호등, 알 듯 모를 듯
사뭇 처진 어깨를 든다

굽은 등의 딱딱함도 마침내 부푸는 건반
아스팔트도 가슴 열면 살아나는 꽃의 무도
봄 들자 미스터 피아노
왈츠라도 추나 보다

# 무한경쟁 시대 자연과의 따뜻한 접목 시도

얼마 전 이사를 했다. 실개천이 느릿느릿 게으름을 부리며 저수지로 흘러드는 곳이다. 그 길 따라 개암나무와 인동덩굴이 서로 뒤엉켜 산다. 이곳에서 나는 불교의 연기법칙을 생각했다. '존재를 믿는 사람은 소처럼 어리석다. 그러나 존재를 믿지 않는 삶은 이보다 더 어리석다.' 이 연기법은 곧 '관계를 통한 근원' 속에서만 내가 있다는 설명이다. 더 쉽게 말하면 '자아'는 궁극적으로 우주 속의 다른 모든 것과 마찬가지로 분리되어 있는 것이 아니라는 뜻이다.

내 시는 무한 경쟁시대를 살아내야 하는 사람들에 대한 연민과 자연과의 따뜻한 접목을 시도하고 싶은 내 바람에 다름 아니다. "움직이는 물은 그 물 속에 꽃의 두근거림을 지니고 있다"라는 바슐라르의 말처럼 꽃 한 송이가 피어나는 것만으로도 냇물 전체가 술렁거리는 관계를 통한 근원의 관점으로 세계를 새로운 눈으로 보고 새로운 언어로 말하며 새로운 표현에의 열정으로 늘 젊어지고 싶다.

부족한 작품을 응원해주신 동아일보와 심사위원 선생님께 더디더라도 젊은 열정으로 쓰겠다는 다짐을 하며 감사드린다. 내게 처음으로 시조를 쓰게 했던 윤금초, 박영우, 이지엽 교수님, 이밖에 경기대학교 문창과 국문과 교수님들, 친구들에게 고맙다는 말 전하고 싶다. 그리고 가슴 아린 사람들! 딸의 늦은 공부 뒷바라지로 손목 힘줄이 툭, 불거져 나온 어머니, 묵묵히 응원해주는 남편과 아들 딸, 재진 지혜에게 무엇보다 사랑을, 사랑을 보낸다.

# 언어와 사물을 포착하는 감각 산뜻하고 단맛

글감 찾기에서 틀 만들기까지 오늘의 시조는 잰 발걸음을 하고 있다. 신춘문예에 이르러서 그 촉각은 더욱 날을 세워 밀어내기를 하고 있음을 읽는 즐거움이 크다. 예년에 비해 응모작도 늘었거니와 기성시단의 눈금과 맞서거나 넘어서는 잘 구워진 작품들의 숫자도 불어나서 왜 시조인가에 대한 명료한 답을 듣기도 한다.

송필국 씨의 「노래하는 돌」, 양해열 씨의 「사흘칠산」, 진수 씨의 「남해를 품다」, 하양수 씨의 「세한」, 송영일 씨의 「막사발 날개를 달다」, 고은희 씨의 「쉿!」을 당선권에 올려놓고 거듭 읽은 끝에 고은희 씨의 「쉿!」을 가릴 수 있었다. 위에 내놓은 작품들은 이미 시조의 익숙한 가락과 높은 시적 완성도를 보이고 있었으나 오래된 글감의 재구성, 혹은 사물의 일상성이나 시대성의 노출 등이 신선감을 떨어뜨렸다.

당선작 「쉿!」은 언어와 사물을 포착하는 감각부터가 산뜻하다. 감나무에 내려앉는 새 한 마리의 동작과 시간성이 살아 움직이고 '욕망이 부풀수록 생은 더욱 무거워' 같은 에피그램도 '한 알 홍시'에 얹혀 단맛을 낸다. 시조의 형식을 어김없이 지키면서 자유시의 그것보다 더 자유롭게 시를 끌어올리는 힘이 앞으로 큰 몫을 해낼 수 있으리라는 믿음을 주었다.

심사위원 : 이근배

# 고은희

1961년 경북 군위 출생
2010년 경기대학교 문예창작학과 국어국문학과 4학년
2010년 1월 중앙시조백일장 차상
2011년 동아일보 · 부산일보 신춘문예 시조 당선

sajebul2@hanmail.net

■부산일보/시조
의자의 얼굴

## 의자의 얼굴

땡볕이 그늘을 끌고 모퉁이 돌아간 곳
누군가 내다버린 꽃무늬 애기 의자에
가난을 두르고 앉아
졸고 있는 할아버지

무거운 세월 이고 허리 펴는 외로움이
털어도 끈끈이처럼 온몸에 달라붙어
허기진 세상은 온통
말줄임표로 갇혀 있다

살다 떠난 얼룩만이 가슴 깊이 내려앉은
폐기물 딱지조차 못 붙이는 몸피여!
사는 건 먼지 수북한
그리움 또
견디는 것

오늘도 먼 길 돌아 헤살 떠는 한 줄기 바람
먼저 간 할머니 손길 덤으로 묻어온 듯
그 옆에 폐타이어도
슬그머니 이웃이 된다

# 한가한 호흡법

토마토밭 지지대의 하루가 꿈틀한다
한 땀 한 땀 수를 놓듯 덩굴손 무릎걸음
제 몸을 꿰매고 있다
더듬더듬 더디 가는 길


서로가 가장 작은 소리까지 빨아들이고
손에 손을 깍지 끼운 기막힌 부침의 몸짓
이 여름 무거운 하늘
나눠 이고 저문다


아무리 허리띠를 졸라매도 흘러내릴까
바지춤 추켜올리듯 생의 허기 움켜쥔다
빛보다 더 많은 어둠을
섞어 만든 꽃을 달고


바람에 쓸리고 물에조차 베이는 날도
차마 놓지 못하는 것들 주렁주렁 오른다
함부로 비웃을 수 없는
그 환상의 호흡법

## 참깨꽃 언어가 속삭이다

산비탈 따라 걷다 참깨밭에 이른다
철퍼덕 주저앉아 숨죽여 부른다
어머니
그 수더분한
목소리로 안기는 꽃

때로는 사는 일이 감당 못할 어질머리
한 점 바람에도 위태롭다는 내 투정
눈치로
다 알아듣곤
눈물 끝에 방긋 웃는

먼 구름 먹빛에도 겁쟁이 되지 말란다
그래도 가야 한다, 동그랗게 눈을 뜨고
삶은 곧
어느 벼랑으로
꽃처럼 뛰어드는 것!

절로 굽은 길을 가다 속절없이 흔들려도
알알이 곱새긴 뜻 제 뼛속 꼭꼭 채우란다

귀우물
가득 차오르는
숨소리 쭈뼛쭈뼛

## 체크무늬 남자

바람이 일 때마다 낡은 신발 벗어들고
빛살만 골라 밟던 무거운 몸 부린다
이 남자 체크무늬의
이불 한 채 만든다

저마다 제 무게만큼 흙으로 주저앉아
나무의 살이 되고 나무의 뼈가 된다
저렇게 허공마저 탁!
놓아버린 시간들

엎드린 정적 속으로 가라앉는 기분을
휘파람 봉지 가득 후둑후둑 불어대며
아직도 다 하지 못한
뜨거움을 식힌다

앞서거니 뒤서거니 햇빛을 추격하다가
욕망의 어리광만 오냐오냐 받아먹다가
살수록 늘어난 뱃살
탈, 탈, 털고 눕는다

# 나만의 속도 지켜가는 삶 중요

늘 시간에 쫓겨 시속 100km 이상으로 과속했습니다. 늘 사람들의 앞에서 달려야 했습니다. 그러다 4년 전 갑자기 시간이 느릿느릿 게으름을 부리는 겁니다. 더는 사람들 앞이 아니라 뒤에서 걷게 되었습니다. 오랜 과속의 습관은 덜컥 멈추어 공회전의 매운 연기를 뿜는 겁니다. 눈이 따가워 달아나야 했습니다. 달아나 간 곳은 시간이 멈춘 듯, 침묵만이 가득한 도서관. 그곳에서 밖으로 밖으로만 내달리던 시간과 사람들 앞에서 쏟아낸 무수한 웅변을 이젠 내 자신 속의 과녁을 향해 집중했습니다.

도서관, 낯설면서도 낯익은 방식으로 책들은 낙담 속에서도 웃는 법을 가르쳐주었습니다. '새로운 일을 시작하기에 너무 늦은 나이란 없다'는 마음에 이르러 대학에 들어가 학생이 되었고. 어느새 당선통보를 받는 날이 4학년 2학기 마지막 기말시험공부를 하던 도서관이었습니다. 전화기를 들고 허둥지둥하다가 어린 친구들의 시선을 느끼며 밖으로 나왔지만 공회전하는 자동차 타이어처럼 귓속이 붕붕거리고 가슴이 멍했습니다. 사실 신춘문예 응모작품을 보내면서도 과제물을 제출하듯이 보내고 약간은 홀가분한 마음으로 대학 생활 마무리를 잘 해야겠다는 생각뿐이었습니다.

지금 이 순간 영화 〈카〉의 '레이스의 전설' 허드슨이 생각납니다. 허드슨은 출발선을 '쌩' 하고 먼저 뛰쳐나간 맥퀸을 절대 부러워하지 않습니다. 대신 말하죠. "Better late than never." 안 가는 것보다는 그래도 늦게라도 가는 편이 낫다고. 비록 남보다 늦게 출발할지라도 끝까지 포기하지 않고 결승선까지 달리는 게 진정 소중한 인생의 태도라는 사실을 영화는 말하는 겁니다. 그렇다고 '느린 삶을 살라' 고 일방적으로 강요하는 것은 아닙니다. '자신만의 속도감' 을 스스로 체득하고 그 속도를 차분하게 지켜가는 삶이죠.

어쩌다 시를 쓰게 되었는지…, 솔직히 나는 나를 잊지 않은 그 누군가가 나를 지켜보고 있을 것만 같아서입니다. 오늘은 그 시선들에게 감사를 해야 하는 날 같습니다. 사람과 사물들을 사랑하며 따뜻하고도 낯선 시선으로 포착할 것을 허락해주신 부산일보사와 심사위원 선생님께 나만의 속도로 꾸준하게 오래도록 쓰겠다는 다짐을 하며 감사드립니다. 어디로 튈지 모르는 야생마 같은 저에게 시조라는 틀을 잡아주시고 이끌어주신 윤금초 교수님. 저를 잊지 않고 지켜봐주는 선배 문우들께 오늘의 영광을 돌리고 싶습니다.

사랑의 전제는 '결핍' 입니다. 결핍되어 있는 무엇을 채우기 위해 끊임없이 무언가를 찾아 헤매는 것입니다. 그래서 사랑을 싹틔우는 건 '욕망' 이 아니라 '외로움' 이라는 말은 진실인 듯싶습니다. 빠르게 달려가는 대열에서 혼자 낙오된 사람처럼 외로움에 찾아 들어간 대학. 늦은 나이에 진학한 학생을 열심히 지도해주신 박영우, 이지엽, 황인원 교수님, 외에도 경기대학교 문창과 국문과 교수님들 고맙습니다. 대학 후배이지만 앞으로도 손잡고 함께 걸어가고픈 손재우, 최희선 친구, 언제나 사려 깊고도 날카롭게 내 글을 읽어줘서 고마워요. 그리고 가슴 아린 사람들이 있습니다. 어머니, 남편, 아들 딸, 모두에게 사랑을 보냅니다.

# 노인 문제 따뜻한 시선으로 형상화

많은 응모작 가운데 값싼 온정주의, 식상한 고전적 사고의 답습, 낡은 생활 서정, 필요 이상의 민족적 혈기 등이 1차에서 제외되었다. 시는 말이 아니라 언어의 이미지 형상화이기 때문이다. 더욱이 신춘문예는 역량 있는 신인의 새로운 감성을 찾아내는 일이지 결코 낡은 서정의 윤곽을 확인하는 것이 아니다.

윤송헌의 「생레미 몽유도」는 한때 유행했던 소재의 선택이, 이태호의 「분청사기상감연당초문병」 역시 빼어난 표현임에도 고전적 소재의 선택이라는 점에서, 신선하지 못했다.

김희동의 「겨울 소리를 보다」는 정갈하나 단조로운 내용이, 김다영의 「악수」는 압축과 절제미의 부족이, 이윤훈의 「폭설」은 패기를 앞세운 나머지 섬세한 표현들을 놓쳤다는 점에서 아쉬웠다.

남은 작품은 김범열의 「을숙도 노랑부리저어새」와 고은희의 「의자의 얼굴」이었다. 앞의 작품은 부분 부분 모호한 표현들이 결정적인 흠이 되었다. 「의자의 얼굴」은 시적 완성도 면에서 훨씬 앞서 있었고, 요즘 중요한 사회 문제로 등장한 노인 문제를 소재로 선택한 점 역시 주목할 만했다.

노인이라는 소재를 낡은 의자에 비유해 이만큼 따뜻한 시선으로 다가갈 수 있다는 것은 쉬운 일이 아니다. 이러한 점에서 거듭 당선자의 새로운 문학적 가능성을 평가하며, 앞으로 더 노력한다면 현대 시조의 부족한 정서적 공간의 확대에 크게 기여하리라는 높은 신뢰감을 갖게 된다.

심사위원 : 유재영

# 김성현

1959년 경북 김천 출생
인지과학 연구소장
열린시조학회 대구경북 사무국장
2010년 중앙일보 중앙신인문학상 시조 당선

nikeship@hanmail.net

■중앙일보/시조
겨울, 바람의 칸타타

# 겨울, 바람의 칸타타

오래된 LP판이 하나씩 읽고 있는
스산한 풍경 위로 바람이 불어간다
노래가 다 그런 것처럼 스타카토 눈빛으로

산까치 몇 마리가 앉았다가 떠나버린
잎 다 진 가로수들 우듬지 그 사이로
흰 구름 붉은 마음은 서쪽으로 흐르고

음역音域의 강을 건넌 짧아진 하루해를
빠르게 궁굴리며 다시 불어온 바람
아무리 되짚어 봐도 길은 너무 아득하다

누구나 한두 번쯤 절망 끝에 섰겠지만
지워진 음표만큼 눈은 더욱 깊어져서
LP판 둥근 세상으로 봄날은 또 오겠지

# 아라홍연*의 꿈

아릿한 그 몸에다 마파람을 감고 감아

살 속에 박힌 울음 입김으로 토해냈나

아라 땅 하얀 달빛이 복사뼈 휘감는다

밤마다 꿈속에서 천 근 불면 등에 지고

면벽의 붉은 흙을 하늘에다 던졌는지

내 안에 솟구쳐 오른 그리움이 환하다

마디숨 몰아쉬며 걷어낸 빽빽한 어둠

안개는 지난날의 동굴이었는지 또 몰라

물결에 스민 전설이 구름처럼 떠 있네

* 700년 전의 연꽃 씨앗으로, 옛 아라가야의 땅인 경남 함안에서 발견됨.

# 사금파리

얼굴을 덮고 있는 슬픔 다 벗고 싶네
밤이면 피어나는 붉은 꽃 물고 앉아
은은한 달의 가슴에 날 기록하고 싶다

고단한 세상살이 흙먼지를 털어내면
춤을 추듯 아롱무늬 하나씩 돋아나고
산굽이 에돌아서 온
바람소리 들린다

숨죽여 바라보다 보름달을 만나듯이
날마다 닦다 보면 그림자 빛이 날까
흐르는 물소리에도 문득, 귀가 열린다

# 2011, 빈센트 반 고흐

청동거울 녹슨 시간 지문으로 닦아내면 희미한 내 모습이 점점이 떠오른다

몰락한 태양의 하루 온몸으로 견뎌낸

덧칠한 거품 위에 내려앉은 저 불빛도, 바스락 부서지며 사라져간 지난날도, 사각의 유리 속에서 물방울로 떨어지고

열정 다 식어버린 새벽 두 시 방에 갇혀 그림자 흔적들을 가슴 위에 그려본다

한 번도 타오르지 못한 꽃무늬를 지우며

# 인사동 모세


한 줄기 영감靈感으로
걸어온 한 사내가
어둠을 등에 지고 달빛을 더듬는다

"강 같은
평화를 위해",

골목길을
휘돌아

# 가죽나무의 시詩

껍질이 벗겨진 날 뼈도 훤히 드러났다
널브러진 상처만큼 할 말도 많았는데
창문에 펼쳐진 마음 더듬으며 보낸 시간

녹녹한 지난밤에 그 무엇을 생각했나
다리가 저려오고 허기지는 새벽이면
꼭 다문 입술 사이로 새어 나온 안개여

참고 또 견딜수록 음각되는 빗살무늬
아픔도 닦아내면 붉은 세상 떠오를까
몸 속에 새겨진 길이 선명해진 아침에

# 한 줄, 한 자 탈고하기 위해 자다가도 벌떡

어디를 스치느냐에 따라 바람의 지문은 달라집니다. 초원에서 부는 바람, 숲을 지나는 바람, 빌딩을 휘감는 바람은 저마다의 소리가 있습니다. 언어 또한 그러합니다. 소설가 최명희는 '언어는 정신적 지문'이라고 했습니다. 저 멋있는 말을 나보다 먼저 한 최명희 작가를 질투하며 3장 6구 그 아름다운 시조의 틀 속에 생각의 지문을 하나씩 찍었습니다. 한 줄을 퇴고하기 위해서 며칠을 고민하고, 한 자를 탈고하기 위해 자다가 일어나기도 했습니다.

이렇게 의미 있는 작업을 할 수 있도록 자리를 만들어 준 중앙일보에 감사드립니다. 평생 즐겁게 할 수 있는 이 길로 인도해준 벗 이병철 선생님, 시조의 길을 함께 걷는 유선철·김석인·곽길선 선생님, 무엇보다 좋은 글을 쓸 수 있도록 가르침을 준 이교상 선생님께 감사드립니다. 부족한 글을 뽑아주신 심사위원님께 감사드립니다. 앞으로 보다 완성된 작품을 쓰라는 격려라 생각하며, 시조의 과학화와 세계화를 위해 주춧돌 하나를 놓을 수 있도록 노력하겠습니다.

# 자연스러운 시상, 긍정의 사유 빛나

중앙신인문학상 시조 부문(중앙시조백일장 연말장원)은 국내 최고의 시조 등용문이다. 자신의 절실한 뜻을 자신만의 목소리로 잘 표현한 김성현 씨가 마지막 문을 통과했다.

당선작에서는 사물을 통해서 새로움을 읽을 줄 아는 역량을 발견할수 있었다. 거기다가 단순 서정에서 한 발짝 전진하여 인생의 의미를 찾아낸 점은 질량감을 느끼게도 했다. 오래된 LP판을 통해 사념을 독특한 질서로 정리한 점도 그렇지만 그것을 음을 읽듯 깊은 사유로 확장시키는 힘은 세심한 관찰과 일상의 성찰이 가져온 소산으로 보였다. 특히 아무리 칼바람이 불어도, '되짚어' 보는 '길'이 '아득' 해도, '둥근'이 '세상으로 봄날'이 올 것이라고 믿는 긍정의 사유는 힘든 세상 사람에게 희망의 메시지를 전한다. 진술과 묘사의 적절한 활용, 자연스러운 시상도 눈길을 끌었지만, 이렇듯 시의 사회적 기능에 그 역할을 다 하고 있어 한층 믿음이 갔다. 이제 시조 세계에 한 점을 더하기를 바라며 뜨거운 박수를 보낸다.

마지막까지 당선자와 함께 겨룬 이는 김영란·김경숙 씨였다. 김영란 씨의 「마음의 벼랑」은 그 시조보법이 매우 안정적이고 단아한 수준 작이었다. 그러나 내용이 다소 추상적이라 견고하지 못하였다. 김경숙 씨의 「환지통」도 밀도 있는 전개가 높은 점수를 받았지만 소재의 상투성이 문제로 지적됐다.

심사위원 : 정수자·오종문·이종문·강현덕

# 김영란

1965년 제주 출생
제주대학교 국어국문학과 졸업
제주 MBC 여성백일장 대상
중앙일보 시조백일장 2009년 4월 장원
중앙일보 시조백일장 2010년 4월 장원
2011년 조선일보 신춘문예 시조 당선

puppy6571@hanmail.net

■조선일보/시조
신한림별곡 新翰林別曲

# 신한림별곡 新翰林別曲

전갱이 잔뼈 같은 어젯밤 하얀 꿈도
북제주 수평선도 가로눕다 잠기는
은갈치 말간 비린내 눈이 부신 이 아침

바람소리 첫음절이 귤빛으로 물이 들고
닻들도 기도하듯 조용히 기대 누운
기우뚱 포구에 내린 오십견의 저 바다

우리가 불빛들을 희망이라 말할 때
행성처럼 떠도는 비양도 어깨 위에
등 뒤로 가만히 가서 손 한 번 얹고 싶다

# 지상의 빛
## —— 잔느*에게

바람이 불고 있다 반쯤 젖는 그녀 가슴

꽃 피는 들길 따라 닿고 싶은 지상의 빛

눈 없는 그 여인에겐 눈동자가 있었네.

만나고 헤어짐도 썰 밀물 오가듯이

역광 속 에스키스 빛나는 시간 사이

목이 긴 삶의 흔적이 길 하나를 만든다

흔들리는 사랑 앞엔 오차도 잴 수 없어

비워둔 괄호처럼 뼈만 남은 영혼 위에

두고 온 세상 한쪽이 은빛으로 반짝인다

* 잔느 : 화가 모딜리아니의 부인 이름.

# 분단의 새벽

된장 잘 끓인다는 통일촌 전라도 식당

반백 년 앓아온 속에 해장국을 끓인다며

깔깔한 혓바닥에도 싸락눈 내린 새벽

애초에 길은 있었네, 여기 숨어 있었네

주저앉아 울었나봐 파리한 저 조각달

새들도 분단이 아픈가 날갯짓을 거두네

백기 걸려 있는 여기 그 비무장 지대

무표정 가로등이 세월 귀퉁이에 서서

초병의 군홧발 밑에 물소리를 내는가

차라리 이쯤에서 끊겼던 이념의 길

포장된 그 길엔 정류장이 하나 없어

초겨울 비로봉 자락이 흰머리만 날리네

# 내 안의 바다

그곳에 가지 않아도 바다는 내 안에 있다
물빛들 흔들리며 돌아오는 그 시간
발그레 해장술 걸치고 딸의 안부를 묻는 바다

수평선에 매달린 무동력 목선 하나
오색기 가물가물 소실되는 그 시점에
가렸던 마음 풀고 내 상처를 덮는다

흐릿한 해안선이 이별처럼 다가와서
아득한 그 틈새로 커밍아웃 선언할 즈음
무적음霧笛音 정수리 위로 섬 하나가 보였다

# 겨울 후투티

굽은 길 돌아가다 우연히 만난 여자
마음껏 모국어로 지르고 싶던 한 마디
서북풍 낯선 바람 속 흩날리는 눈발 속

길 잃고 혼자 걷는 개펄같이 저문 날들
잊어버린 안부가 절뚝이며 오고 있다
발목이 다 묻히도록 눈길 걸어오고 있다

혼자서 외로운 날 아열대성 꿈을 꾸리
생애 첫 겨울옷 영혼마저 무겁게 해
갓 스물 베트남 새댁 고향 떠난 저 후투티

주름진 사투리들 언제 밝게 펴질까
환한 길 찾아가랴 막힌 길 돌아가랴
나직이 우는 뱃고동 느엔티흐헝 느엔티흐헝*

* 느엔티흐헝 : 베트남에서 시집온 여인의 이름.

# 벚꽃

칠흑 같은 밤에만

귓속말로 핀다던

목마른 사월 하늘엔

멸치 풍년

꽃 풍년

내 사랑 애월 앞바다

봄나들이 중이다

# 개미 가는 길에 이정표 세워줘서 감사

　베란다 창을 기어오르던 나팔꽃이 '무의미 연명치료'를 받던 어머니처럼 핏기 없는 알몸으로 겨울을 견디고 있다. 세상과 하직을 하기 위해 몸에서 하나씩 떼어내던 호스들이 마지막 잎새처럼 떨어져 나갔다.

　그 아래로 전설 속 아픈 사연의 백일홍, 눈물로 피는 꽃이라는 듯 석 달 열흘 울다 닦은 얼굴이 부옇다. 바로 옆에 있는 샐비어. 혈색소 미달인 꽃잎마저 다 떠났는데 유독 줄기 하나에 남아 있는 진주황 꽃잎. 그 꽃잎을 따라 개미가 길을 가고 있다.

　길…… 이 세상 어디에나 길은 있다. 사람이 사는 세상이든 길짐승 날짐승이 사는 세상이든 개미와 같은 곤충이 살아가는 세상이든. 수많은 길 중에서 우리가 선택할 수 있는 길은 많은 것 같지만 또 그리 많지 않다. 그 길에서도 삶은 늘 우리에게 어느 길로 갈 거냐고 선택을 강요한다. 중요한 시점에서 길은 언제나 여러 갈래로 나 있기 때문이다. 개미는 샐비어를 택했다. 개미의 길은 샐비어 줄기인 것이다. 샐비어도 누군가의 길이 되고 있는데 나는 누군가의 길이 되어주고 있는가? 개미의 길을 보며 내가 가고 있는 길을 돌아보는 오후다.

　내가 가는 길에 이정표를 곱게 새겨서 세워주신 심사위원 선생님께 우선 깊이 감사드린다. '독자로 남는 게 어떠냐' 타박은 하면서도 시가 나와 있는 신문은 죄다 스크랩해줬던 평생지기 남편에게도 고맙단 말을 해야겠다. 주변에서 음으로 양으로 도움을 주신 분들이 많다. 마음 깊은 곳에서 고마운 인사를 전한다. 마지막으로, 응모 마감일에 꿈속에 찾아오셔서 귀띔을 해주신 시아버님과, 아버님께서 사랑하시는 어머님. 두 분 영전에 영광의 꽃다발을 올린다.

# 신인이지만 시상 전개 솜씨 빼어나

　신인에게 필요로 하는 것은 기성 작가를 뛰어넘는 참신성이다. 이번에 응모된 작품들의 특징은 고른 수준을 유지하면서 개성 있고 언어 감각이 뛰어났으며 대상을 장악하는 능력이 기성에 못지않았다는 점이다.

　당선작 김영란의 「신한림별곡新翰林別曲」은 신인다운 신선함이 묻어나면서도 시상을 전개해 나가는 솜씨가 빼어났다. 반짝 낚아채는 묘미, 강한 주제 의식 등이 언어 수련 과정을 상당히 거친 것 같아 믿음이 간다.

　이외 최종심에 오른 성국희의 「시간의 길-천전리 암각화」는 언어를 다루는 솜씨가 매우 세련되었고 구성의 완결성도 돋보여 당선작과 겨룬 우수작이었다. 진수의 「공작도시」는 개성 있고 완성도 높은 작품이었으나 신인에게 필요한 참신성이 다소 약했다. 서덕의 「컴퓨터 대화법」은 소재 선택에서 오는 신선감은 충족시켰으나 작품 속에 흐르는 어둡고 침울함이 새해 분위기와는 거리를 느끼게 했다. 고은희의 「쉿!」은 시상의 발상이 독특하고 응모 작품 모두가 고른 수준을 유지했음에도 기교적인 면이 지나쳐 밀려났다. 장윤서의 「봉숭아꽃 누이-디도스 바이러스」는 소재 선택, 구성력이나 글감을 다루는 솜씨가 나무랄 데 없었으나 내용에서 병적 우울함이 비쳐져 선택을 망설이게 했다. 송필국의 「일어서는 빛-해송 현애懸崖」는 매끈하게 잘 다듬어진 작품으로 눈길을 끌었으나 당선의 벽을 넘기에는 미진했다.

　당선작은 한 편만을 선택해야 한다는 점에서 최종심에 오른 우수한 작품들의 탈락이 아쉬웠다.

심사위원 : 한분순

# 성국희

1977년 경북 김천 출생
한결 시조 동인
한국방송통신대학교 국어국문학과 4학년
제6회 백수 정완영 전국 시조 백일장 장원
2011년 서울신문 신춘문예 시조 당선

fun0707@hanmail.net

■서울신문/시조
추사 유배지를 가다

# 추사 유배지를 가다

유년으로 가는 길은 안으로만 열려 있다
지나온 시간만큼 덧칠당한 흙먼지 길,
낮아진 돌담 사이로 먹물 자국 보인다

푸르게 날선 침묵, 떨려오는 숨결이여
긴 밤을 파고드는 뼈가 시린 그리움은
한 떨기 묵란墨蘭에 스며 향기로 깊어지고

허기진 어제의 꿈 은밀하게 달래가며
빗장 풀어 발 들이는 적막의 뒤란에는
낮달에 비친 발자국, 추사체로 일어선다

# 갈대
## —— 어머니의 손

누가 여자 마음 나부끼는 갈대라 했나
하루에도 몇 번이고 차라리 자신을 꺾어
헐벗고 굶주린 바람, 달래는 손이 있다

앙상한 어깨 위에 한 생이 버거울 때
친정집 안방 같은 갈대숲을 찾아들면
저만치 맨발마중에 눈시울이 뜨겁던

감겨드는 어둠들을 마디마디 쓸어 담아
지난 밤 맺힌 서리, 꽃으로 피어나면
그 앙금 도로 삭혀서 아침 해를 빚으신다

내색도 한번 없던 촉촉하게 젖은 손이
두 볼이 다 닳도록 어루만져 주시고는
눈물이 들킬까 싶어 홀로 깊이 젖고 있다

## 민들레 홀씨처럼

  간밤의 잔상들을 넌지시 밀쳐두고 따끈한 소식지를 품에 안은 한
사내, 다 닳은 뒤축을 끌며 빈 새벽을 쓸고 간다

  날마다 받아드는 선물 같은 저 갈피엔 그대 정녕 뿌리내릴 틈이라
도 있는지 마른 땅 비집고 들던 상처 아직 선명한데

  투명하게 둘러쳐진 허공에도 벽은 있어 허물고 다시 넘는 겹겹의
시간 위로 구겨진 꿈을 펼친다, 홀씨처럼 사뿐히

# 봄비

예정일이 아직 먼데 이미 봄이 왔네
눈치채지 못했지만
만삭이던 그들의 몸
겨우내 태교를 마치자 진통은 시작되고

몇 바퀴 우주를 돌아 또 한 생이 열린다네
분주해진 바람의 손길
입김을 데워내며
가만히 들여다보면 눈시울이 붉어지는

팽팽히 젖몸살을 앓으면서 차오르는
초유를 받아 물고
고요히 젖는 시간,
내일은 잎맥을 따라 피와 살이 여물겠네

# 골목길의 자화상

노인의 손수레가 내 시선도 끌고 간다
녹슨 세월의 바퀴, 되감기는 하루하루
발자국 깊숙이 젖어 그림자 더욱 짙다

다 해진 주머니 속 놓지 못한 유년의 봄,
움켜쥔 시간만큼 폐지들이 쌓여간다
앙상한 허리춤으로 파고드는 칼바람

활짝 펼친 굳은 손길 지문은 또 닳는다
바람벽 밀어내며 길 아닌 길도 여는
골목길 낡은 자화상, 지는 해가 마냥 붉다

# 겨울 강에서

차라리 앙상하게 뿌리로만 젖어들며
바람결 타고 누워 제자리 지켜내는
마른 풀 고단한 잠에 발소리를 낮춘다

지난 해 못다한 안부 마음 먼저 설레지만
정녕 다가서자 멀어지는 물오리 떼
무거운 비상 뒤에서 물비늘을 줍는다

누가 저 상류에서 긴 편지를 띄웠는지
살얼음 녹여내는 익명의 하얀 문자
함부로 해독 못 하고 물음표만 더한다

두 눈을 감아보면 깊은 수심 읽어낼까
수면 위로 떠오르는 내 삶의 얼룩들도
달래어 함께 데리고 봄을 향해 가는데

# 유년의 꿈, 그 아름다운 가슴앓이

새들이 일제히 저녁놀을 끌고 떠난 만큼 되돌아오는 시간입니다. 나또한 어김없이 서창을 열고 유년으로 가는 징검다리를 놓습니다. 어린두 눈에 찰랑찰랑 채워지던 그 저녁답의 가슴앓이, 오늘은 그 시절의나를 찾아가 따뜻하게 안아 주었습니다.

한순간도 놓지 못한 간절한 바람이 가져다 준 커다란 선물은 아마도서투른 내 삶의 편지를 읽어 줄 민병도 선생님과의 만남일 것입니다.매서운 채찍질과 정성 가득한 말씀들을 이끼 앉지 않도록 닦아가며 뿌리 깊이 채우고 있습니다. 이 자리를 빌어서 가슴 깊이 감사드리며, 바른 길을 따르는 제자가 되도록 끊임없이 노력하겠습니다. 또 귀한 인연으로 가족이 된 한결 동인 선배님들, 기쁘게 응원해 주시고 격려해 주셔서 진심으로 고맙습니다.

누구보다도 더 기뻐하실 아버지, 어머니 제 행복을 다 드려도 부족할듯합니다. 텅 빈 가슴을 채워 줄 한줄기 햇살이라도 될 수 있길 바랍니다. 또한 글에 대한 나의 마음에 격려와 박수를 아끼지 않고 지켜봐 주는 남편과 범주, 승주에게 고맙다는 말도 함께 전합니다.

부족한 글에 담긴 불씨를 살려 주신 심사위원님들과 서울신문사에도감사의 말씀 올립니다. 우리 민족 문학의 귀한 자산인 '시조', 그 정돈된 깊은 뿌리에서 삶의 자세를 배우고 있습니다. 시조의 품격에 자부심을 가지고 한 걸음, 한 걸음에 정성을 다하는 시조시인이 되리라 다짐해 봅니다.

# 역사적 글감에 현대 정서 더한 수작

신춘문예 등단 신인들의 새뜻한 작품을 읽으며 새해 아침을 여는 마음은 늘 새롭다. 그들의 힘찬 날갯짓은 희망과 꿈을 일깨우기 때문이다. 금년에는 우열을 가리기 어려울 정도로 수준 높은 작품들이 많아 심사과정에서 오랜 시간이 소요되었다. 그 결과 성국희 씨의 「추사 유배지를 가다」를 고심 끝에 당선작으로 뽑았다. 이 작품은 역사적 글감에 현대적 감성과 정서를 배합하여 시대를 넘어선 시조 가락으로 알맞게 뽑아냈으며 말하고자 하는 메시지를 잘 형상화하여 현대적 어법으로 살려낸 점이 우수했다.

최종심사에 오른 진수 씨의 「지상의 방에 들어」는 뛰어난 착상으로 시조가 낡은 테마라는 인식을 벗어나게 한 작품이다. 양파 껍질을 벗기듯 겹겹이 고인 삶의 진실한 단면을 유창하게 이끌어간 표현이 돋보였으나 당선에는 밀렸다. 고은희 씨의 「색소폰 부는 난설헌」은 역사적 숨결의 속 울림을 아름다운 이미지로 형상화한 작품이었음에도 주제의식이 약해 보였다. 장윤혁 씨의 「서울 타클라마칸 사막」은 탄탄한 구성으로 눈길을 끌었으나 소재 선택에서 망설이게 했다. 송필국 씨의 「사리 기어가다」는 섬세한 묘사와 유연한 가락으로 이미지를 잘 살려낸 작품이었음에도 강하게 끌어당기는 뒷심이 부족하게 여겨져 아쉬움을 남겼다.

심사위원 : 이근배 · 한분순

〈시〉 강은진 강정애 권민경 김후인 박송이 박현웅 신철규 정창준 홍문숙
〈시조〉 고은희 김성현 김영란 성국희

2011년 신춘문예 당선시집

초판 1쇄 발행일 2011년 1월 15일

지은이 · 강은진 외
펴낸이 · 김종해
펴낸곳 · 문학세계사
이메일 · mail@msp21.co.kr
홈페이지 · www.msp21.co.kr
www.seein.co.kr(계간 시인세계)
주소 · 서울시 마포구 신수동 345-5(121-110)
대표전화 · 02) 702-1800 | 팩시밀리 · 02) 702-0084
출판등록 제21-108호(1979. 5. 16)

값 10,000원

ISBN 978-89-7075-507-6    03810